中国国际文化交流基金会
妫川文学发展基金资助

岁月的心音

武 光 著

长江出版传媒

长江文艺出版社

图书在版编目（ＣＩＰ）数据

岁月的心音 / 武光著. -- 武汉：长江文艺出版社，
2020.11
ISBN 978-7-5702-1738-0

Ⅰ. ①岁… Ⅱ. ①武… Ⅲ. ①散文集－中国－当代
Ⅳ. ①I267

中国版本图书馆 CIP 数据核字(2020)第 144819 号

责任编辑：王成晨　　　　　　　　　责任校对：毛　娟
封面设计：祁泽娟　　　　　　　　　责任印制：邱　莉　　王光兴

出版：　长江出版传媒　　长江文艺出版社
地址：武汉市雄楚大街 268 号　　　　邮编：430070
发行：长江文艺出版社
http://www.cjlap.com
印刷：武汉中科兴业印务有限公司

开本：880 毫米×1230 毫米　　　1/32　　印张：7.875　　插页：2 页
版次：2020 年 11 月第 1 版　　　2020 年 11 月第 1 次印刷
字数：157 千字

定价：39.00 元

序

在人生旅途上，会有无数的、各种各样的事情感动心灵。有些事情往往转瞬即逝，能把珍贵的瞬间记录下来，就如同捧起了一朵小花。尤其是一些看似微不足道的事情，却传递着情感、智慧和经验。冷静思索之后，会发现其间蕴藏的美，迫切需要"拍"一张美丽的"特写"。

我们生活在一个伟大的时代。中华人民共和国成立后，我们在大路上行走，尽管也曾被羁绊，也曾疲惫不堪，但前景总是美好的；偶或在荆棘中穿行，尽管伤痕累累，但往往会柳暗花明。每每越过坎坷的时候，我们会希望一次次地登高望远，聆听大自然的声音，欣赏意外的辽阔，体感真、美和永恒。这是人的一种情结、一种希冀、一种必然。也只有经历了奋斗和困苦，才知道幸福的内在价值。同样的道理，如果不懂得欣赏自然里美丽的歌声，也就难以产生爱的渴望。当我们把对国家对人民对大好河山的爱融入生活，带着初心跋涉，体味源头，生命的年轮也就有了更深的意义。作为普通人，以"写作"来抒发情感无疑是最好的方法。

毋庸置疑，追求美是人的共性。一个人感受美的过程，就是陶冶情操的过程。基于此，饱览河山、深度涉世之后，便"蠢蠢欲动",试图把心底的感受写下来,除了自得自乐之外,还想与人分享一下,于是痴心编一本集子。

本书里的散文随笔,多是笔者退休后陆续写成的,且多数文章在报刊发表过,这次把"她们"集中起来,就好像让记忆腾出一块场地,照一张合影,为曾经亲昵的印象"留此存照"。就其内容来看,颂美家乡的占比较大,这不奇怪,因为每个人都会眷恋家乡,对家乡都有特殊的、浓浓的情结。赞颂祖国大好河山的,则是伴着时代的足音,力图发掘山川里蕴藏的歌声、梦想和幸福的泉源。一些拨动心弦、抒发感悟的篇章,则是探求自然、生活的奥妙,记录激荡灵魂的经验,体会一些动人的旋律。我常常想,一个人就如同一片云朵,不管是拥抱蓝天还是拥抱山峰,只要是在恰当的所在添了美的色彩,尽了真诚的义务,就少有缺憾发生,也如同云朵那样有了清明的心灵。

是为序。

目　录

神州览秀

妫川流韵

妫川，一个古老的名字；延庆，一片神奇的热土；在岁月的光影里，蜿蜒的长城焕发无穷魅力，千种风情融入群山绿水，心灵便有累累收获。世园美景，更把芳名写进了世界绿色文明档案。

八达岭，梦与激情长相守的地方

长城醉枕河山，梦境曾经是清艳的。说其清，那是来自霜的光顾；说其艳，则是来自红叶的渲染。今岁，清霜吻过，黄栌和各色的枫树就随风撩动殷红的情愫，把北国浓墨重彩地描摹了一番，长城便在清艳的梦境里重复壮美的故事，再现新一轮的灿烂和辉煌。

八达岭长城的彩梦最美、最甜。春夏两季，山峦被各种树木覆盖，鹅黄、粉白、嫩绿，接着是翠绿、浓绿、酽绿，不断变换。长城不再沉寂，在生命的鼓动下，起舞于天地间，让人赞美有加，唏嘘不已。到了秋天，长城被秋风撩拨，又准备了一幅精心绘制的季节画卷。画卷的焦点是红叶，红叶渲染的是激情。

八达岭最早获得了红叶光顾的消息。清霜刚在这里歇歇脚，满山遍野的黄栌、枫树就迫不及待地装扮，意欲抢得先机一展风姿。掐指算来，八达岭的红叶要比北京市内别的景区早红半个月。也是，八达岭海拔平均750米，关城票口海拔650米，比市区高500米以上，能不早吗？就是红叶盛名远播的香山，也因海拔不能及而稍逊。由于昼夜温差大，森林茂盛，再加上古长城隔挡，使得这儿的层林最早梳妆，最早出阁。每年10月上旬到11月上旬，八达岭长城都被灿烂包围着，长城与红叶的那种如胶似漆般的情投意合，犹如绝代佳人偎依着百战英雄，给人带来美的享受和心灵的震颤。

红叶自古就是情的媒介物，历史上曾经有过红叶传诗的典故。文人骚客对边关红枫也多有吟咏。清代词人纳兰性德有一首《蝶恋花》："今古河山无定据。画角声中，牧马频来去。满目荒凉谁可语？西风吹老丹枫树。从前幽怨应无数。铁马金戈，青冢黄昏路。一往情深深几许？深山夕照深秋雨。"岁月更迭，古之荒远、哀愁今已尽皆不在，但词人"情深深几许"却也延留至今。雄浑有了娟秀的陪衬，又岂止"片片红叶惹秋思""犹有寄情芳语"！

令人惊讶、赞叹的是，八达岭的红叶浓艳绝伦。不仅是独特的气候使这里的红叶色素形成至纯，更惊喜的是这里红叶的树龄正年轻，多处于二三十年岁的生命佳期，因了这个缘故，"层林尽染""万山红遍"就会飘荡出豪气，大有"舍我其谁"之势。加上洁净的空气，使得叶片保存得完整、健康。有了这样的庇护，红叶色泽自然极亮极艳。到八达岭赏红叶，心境也会畅达，了无尘埃。

到八达岭赏红叶，还有另一番情趣。作为万里长城的精华，这儿集巍峨险峻、磅礴壮观、逶迤绵长于一体，古代即有"居庸之险不在关而在八达岭"之说。雄伟的长城占据险要地形，俯瞰万里河山，是何等襟怀！到八达岭赏红叶，每一个箭窗都是好去处。手扶青色砖垛，涌到心头的是历史的波澜、世事的沧桑，仿佛那些身披金甲的守城将士就在身边。由箭窗向外望去，缤纷世界铺在眼前，慨叹万事悠悠之际，亦会盛赞和平发展。在这里瞭望，山坡跃然入目，林木色彩丰富。缤纷色彩中的黄栌，如片片红霞使人心醉。元宝枫灿如金，山林瞬间变成了藏金宝地。在红、黄基调里审视，又可分辨出嫩红、粉红、淡黄、橙黄等诸多颜色，松柏的苍绿轻轻点缀其间，梦境里的童话般世界也就生成了。其实，在八达岭的任何一个地方赏红叶都"不枉走一遭"，无论是在长城的何处，甚或在沟谷的哪段，都能以不同的角度欣赏到各式的红叶，都可把斑斓尽收眼底。在这里，不仅可以欣赏到最多的黄栌、元宝枫、五角枫，还可近观爬山虎等彩叶品种，就连山杏也会晕红了叶片，赶着凑热闹。大自然就是这样毫不吝啬地释放真诚，让人们感受到自然界许许多多的美好，感受满山红透的壮观。

伫立八达岭长城，怅望红叶作为秋天的信使正在做着的生命的燃烧，忽然感到这该是世间最值得骄傲的生命礼赞！它们把一个年轮积蓄的能量一次性释放，将躯体"燃烧"成血红，为世间铺展出别样的绚丽和辉煌，给了我们多少思索和启迪！我们欣赏着今岁最华彩、最美丽的乐章的时候，是否觉得彩梦秀长城，更应情注八达岭？

让我们记住，八达岭：一个梦与激情长相守的地方。

2013 年 9 月 9 日

古村新韵

　　说起八达岭长城，大概无人不知。说起清末工学家詹天佑，大概也无人不晓。可说起詹公天佑修筑京张铁路时住在哪里，恐怕就闻者寥寥了。据詹天佑之孙詹同济老先生记载，詹天佑主持修筑京张铁路时住在石佛寺村姬姓人家，距今已经一百余年。石佛寺村紧傍八达岭长城。因为贴近雄关的缘故，这里流传的历史故事颇多，自然也就占尽了风流。况且石佛寺村景色极佳，引得历代名人挟裹诗囊前来吟哦。明朝人士吴扩在石佛寺村的弹琴峡曾这样写道："悬崖峭壁磴千盘，峡里天光一线看，绕涧琴声听不尽，月光流水曲中弹。"可见石佛寺村从那时起就已经美景销魂了。

　　我们去石佛寺那天，适逢烟雨空蒙。来到村外水关长城，只见云锁城楼，雄关之上，游人踯躅，若临天梯。过水关，石佛寺村就在眼前了。山村古朴、宁静、祥和。错落的房屋静静地徜徉在闲情湿润的情调中，与刚刚走过的水关长城相比，形成鲜明的"两个世界"。这时，一股恬淡宁馨的清凉从山谷轻飘下来，倒叫人有了几分思古寻幽的感觉。

　　村中的路面是硬化的水泥路，我们就沿着这条路往上走。路的左侧是民房，凡是临街的房屋，大都开办了"农家院"，门口有醒目的广告牌，写着几号院或"吃农家饭，住农家屋"的字样。有的人家在门口挂上了大红灯笼，使人想起《大红灯笼高高挂》那部电影。路的右侧是一条小溪，水质极佳，溪水轻轻地吟唱着。小溪出现在我眼前的一刹，我想起作家严文井的散文《小溪流的歌》，她"用清亮的嗓子歌唱"，唱出童真的欢乐。把小溪紧紧搂在怀里的是葱郁滴翠的高山，虽被雾霭轻笼着，仍可见树冠重重。微雨刚刚停歇，不知攀在哪棵树上的知了抢时抢秒地叫了起来，还真把我们当成稀客了，好像呼唤我们该到一户人家就餐似的。

　　因为有了约定，村支书派的两名长者到了我们的面前，热情地寒暄之后，就向我们介绍村里的一些情况，我们也乐意他们这样做。从他们的话语里，我了解到更多的石佛寺的变化。原来这两位都当过村干部，对石佛寺村的一切如数家珍。在二十世纪六七十年代，这儿的人还食不果腹，每个劳动日的日值不过三四毛钱，一个好劳力辛苦一年挣五千工分，不过二百元钱。而今，全村按人头计算，每人每年平均收入两万四千块！真是人世沧桑，不可思议。

　　两位长者喜笑颜开，说得兴致勃勃，对我们也热情有加，就像老朋友那样无拘无束了。他们的样子也很有些自豪，阔谈村里的旅游、开发。不听不知道，细细一听，还真让我吃惊。想不到这个村里有将近一半人进县城买了楼房，晚上住在县城，第二天清早开车到水关长城，售卖旅游纪念品，这些人成了典型的"候鸟"族。另一半人要么办农家院，要么就到"公社"做事。听了"公社"二字，我一脸疑惑，还以为是现在的镇政府，心里说镇政府能够安排这么多人吗？凭什么要为石佛寺安排很多人来工作？直到听完两位长者的解释后才恍然大悟——他们介绍，所谓的"公社"就是报纸上宣传的"长城脚下的公社"，是藏于石佛寺村东面山谷的建筑群。见我呆呆的样子，一位同行者告诉我，这个"长城脚下的公社"是很有些名气的，被称为亚洲建筑艺术登上国际舞台的标志，是中国第一个荣获"威尼斯建筑艺术大奖"的作品，还被美国《商业周刊》列为"中国十大新建筑奇迹"之一。

他们这样的夸赞，我觉得近乎吹牛，但嘴上是不能反驳的，因为没有调查就没有发言权。到底怎么样，"耳听为虚，眼见为实"。当我表示出要去看看的意思后，他们果然没有半点尴尬的神态，相反，倒很乐意我们前去赏光。

脚下的路改换成柏油路了，路边有了灯饰，古朴如石。而且只有半米高，与草丛为伍。越往上走，越觉得树木青翠，英气逼人，偶或听到几声婉转的鸟叫，似觉那是从远古传来。山谷湿湿的，路边的乱石草丛底下传出泉水叮咚的声音，顿时让人感到这时已远离尘嚣。

这样走着，大约过了十多分钟的样子，我发现浓蔽的绿荫中有一幢木屋，本想过去看看，两名长者告诉我，屋里有人居住，若走近张望，客人会反感的。于是我们被引领着来到一座红房子前面。房子的外面有一个大水池，池水如卷帛往池外轻轻地流，状如帘，薄如纸，净如醇，看上一眼都让人心醉。池底密铺卵石，三五尾小鱼在里面悠悠地游。池的不远处有花圃，各色的花都如丽人婉约娇美，她们着艳服，闪明眸，每一株都是那样婀娜，她们也许是为我们的到来而祝福，也许是为了美好的新居而欢乐，轻风拂动时，则为我们送来温馨的芳香。进了红房子，方能体会里面的豪华。回廊曲折，甬道错落，不是迷宫胜似迷宫。在这里，古朴与现代巧妙地融合，东方的风情与欧美的格调相统一，彰显了前卫的建筑理念和设计风格。

走出红房子，我顾及左右的山坳，竟都有建筑在绿林中若隐若现，只是雾气很快就将小屋和山的轮廓模糊了，恰似轻纱漫笼幽梦。在邻近的一个大玻璃房子前，一辆小轿车慢慢地停下，走出两个年轻人，尤其是那个淑女，幽幽地在石板路上走，身姿俱佳，让同行中的几位呆呆地远望，仿佛进入了心驰神往的状态，企望去捕捉一份美丽、一份诗情画意。不过我想，到这儿小住的，绝非等闲之人，不可心生妄想的。我也愿来此地的朋友，处于微岚静野中，都能心神俱澄，虽然达不到"明心见性"的境界，但还是要抛却几多感慨、几多忧思。应在纯清宁谧之中，体悟最大的智慧，那才与美景相匹配，相和谐。

又走了几处阁楼，因为有保安看守，都没能进去观看，但仍可以体会到各异的风格。现有的 12 个国家和地区的特色建筑散落在道道山谷，与长城为邻，坐拥美景，已经成小聚态势。将来又有 36 个国家和地区的风情建筑落户至此，规模大了，叫作"长城脚下的公社"就更贴切了。

离开石佛寺的时候，我们去拜访了詹天佑的旧居。小小院落，房屋低矮。谁能想到，就是在这样简陋的土炕上，曾经睡过一位国际著名的工程师？2000 年 10 月 11 日，江泽民在国际工程科技大会上盛赞了詹天佑，为中国拥有这样人才而自豪。站在小院里，眺望长城，再回想刚刚去过的"长城脚下的公社"，我对"国富民强"似乎有了更深一层的理解，而为"国富民强"奋斗的先驱们，则是我们永远敬仰的民族的脊梁。

石佛寺这个古村在时代的春风细雨中滋生出新的苞蕊，焕发出新的生机，流动出新的神韵。有了雄关的庇佑和照料，今后的景象必将更加绚丽、迷人，这足以让我们拭目以待。然而，深深的思索之后，我环顾青山，心中慨问：詹天佑住过的小屋是不是也该修葺了呢？

2006 年 8 月 30 日

妫河的目光

源于群山的眷爱和召唤，于是有了一条河流，在海陀的腹地向着落日流淌，这就是妫河。

妫河的血液里融着大中华的乳汁，带着岁月的记忆流经有过文字记录的五千年。她细瘦过，清冷过，气势汹汹过，深沉凝重过，忧郁惆怅过，而今天，她伴着生态涵养的春风，丰腴起来，娇媚起来，当妫河森林公园在她身边花发万枝，引得蜂飞蝶舞时，她更像一个丽人穿上了羽衣霓裳，展露独特的风韵和幽远的爱意。于是慕名前来品读芳容的人常年络绎不绝，妫河便以清澄的碧波撩拨宾客涌动的激情。

妫河是纯洁性情的处所，她的柔软和娴静把所有的美景都变得生动而富有情调，她牵着一串莹如珠玉的湖波，清新淡雅。静水里倒映的如卧如眠的青山，原本巍峨入云，可在万顷碧波里也略显柔软了。这里的每一株草都成了葱绿的诗句。天鹅、野鸭和其他多种禽鸟在这里留下欢歌，那是在称颂新家园的美丽和温馨。

妫河从远古走来，她承载了数千载漫长的历史，延续了妫川的万千风情。今天的妫河，更钟情于心迹的袒露。在杏花闹春的时候，田畴被花的海、花的云所掩盖，她在娇羞里散出徐徐香气。夏日云翳的时候，她的秀美的眸子似静影沉璧，展现了万千美好。秋风乍起的时候，她一身绚美，在馨雅中平添了热烈，显露出荡胸看缥缈的大气。冬日的凝重让她银装素裹，可她的心怀深处，还蕴含着奋进的潜流。

　　节庆是她最为欢娱的时候。单单一个端午文化节，就让她"回眸一笑百媚生"。自从 2007 年举办首届端午文化节后，妫河的端午文化节不断推陈出新。2014 年端午小长假，在妫河最亮眼的夏都公园，举办了一系列别具风情的文化活动。当人们还沉浸在"走三朝御路，品妫川山水""庆端午，赏生态""包粽子，赛龙舟"和摄影咏诗的意趣之时，北京市首届"非遗大观园"节庆在这里拉开了帷幕。北京各郊区县的民间绝活儿都到这里聚集展示：石雕石刻技艺、京绣技艺、漆雕骨雕技艺、绢花、编织乃至景泰蓝制作技艺……都从大老远的地方赶来亮相，尖顶小白屋把妫川广场排得满满的。表演者手技娴熟，欣赏者啧啧称奇，但凡亲临者无不眉开眼笑。更有老人叹说头一回见到这么多新鲜活儿，饱了眼福，不枉来人世一遭！延庆人的看家本领自然不能落后，打火勺竟然搞起了大赛，"驴打滚"粉墨登场，黄芩茶引来颔首称赞，盆窑的精美陶器卖出了大价钱！

　　妫河的欢愉并不止此，她的风姿绰约吸引了世界的目光。2014 年 6 月 11 日，国际展览局第 155 次大会正式认可，在北京延庆举办 2019 年中国北京世界园艺博览会，园区就设在妫河的身边。延庆人笑了，妫河笑了，蕴藏心底的企及将得到充分的释放，妫河越发娇美，越发精神，娴静秀美的妫河漾动迷人的欢歌。

妫河笑了，那是醉心的笑、迷人的笑，如果说她幽深的目光饱含了激发潜能的意愿，那么她明眸的眺望则是选择了远景的开拓，她的楚楚姿容、美丽影像就成了所有接近她的人的珍贵记忆，而她的舒适、她的祥和则表明妫水之畔是心与物交会的最佳福地。随着第四届世界葡萄大会的到来，闪亮柔美的妫河已经成了北京鲜亮的名片。届时，妫河的风姿里，将融入各个国家文明的神韵。延庆走向世界，从妫河开始；延庆的文明、和谐、宜居，也从妫河开始。

2014 年 6 月 15 日

海陀雪韵

海陀戴雪是延庆的一道奇景，隐含着壮美也蕴含着神圣，于是有人说"海陀戴雪"可与日本富士山之雪媲美。延庆地势高，每年十月到第二年五月几乎都会看到"海坨戴雪"奇观，几分灵丽，几分神秘，还有几分高耸和幽静。不过，我走进海陀山腹地体会雪韵也只有三次。

二十世纪八十年代，我第一次感受了海陀的雪。其实说是海陀雪，也只是笼统的"概说"，并不准确。因为我和北京来的几位客人是在前一天到达松山的，松山是海陀山系的组成部分，自然也就联想到了海陀。我们抵达的地方是松山温泉，那时，到松山温泉泡澡，也是我们招待客人的项目之一。人们都说泡温泉可以治病，带客人到这儿享受一番，也算是尽了地主之谊。那是个秋天，偏偏那天我们又来得晚，车子进入松山的山口，再向上就没有公路了。来的时候，我们也有过打算，就是要在松山过一夜。没想到就是这过一夜的打算，让我们邂逅了一场雪。

我们一行人步行抵达水塘子。路上走得急，谁也没有很好地欣赏松山美丽的景色。

泡温泉的地方是小平房，说是新盖的，其实也十分破旧，就连水塘子也十分老旧。一个十分窄小的房子里有一池水，池子是用砖垒的，有的地方用的是石头，但都是灰黑颜色。砖缝在诉说这儿的一切是那么简陋，不过水温恰好合宜，不冷不热，泡在水里身上都觉得滑滑的。泡完温泉澡，天色已经暗淡下来，我开始担心会不会下雪，如果雪下大了，我们怕是要数天待在这山谷了。而这里距离松山的接待处还有很长的山路，这让我的心一阵揪紧。

趁着天色还没有过于阴暗，我们便急匆匆地往山下走，直到过了一个叫"大象石"的地方，我悬着的心才算平静下来。

山口处的平房十分宽敞，送我们来的汽车早已返回，看来我们必须住在这里了。洗了温泉澡，仿佛也困乏了，加上这里也没有电视节目，几个人聊了一会儿，便都进入了梦乡。

第二天一早，我拉开窗帘的刹那，立刻被惊呆了。玻璃窗外雪花飘飘，我冲到了门外，仰望后又环顾，周天都是正在飘落的雪花。她们轻盈地从缥缈的天宇纷纷扬扬而来，绵软，透明，带着美妙的诗意。落在脸上的雪花绒绒的、凉凉的，却无寒冷的气息。周围的山在雪中显得灰暗了，昨日走过的花木掩映的幽径也完完全全融入了银色的世界。

也许是久不见雪的缘故，我忽然对雪唏嘘起来，不仅想到了"千树万树梨花开""千里冰封，万里雪飘"等名句，还揣摩起了"雪消门外千山绿"的妙笔——那是一个多么清凉的意境！诗人们是否想在雪景里寻找精神世界的真实，我不得而知。可是眼前的是海陀的雪，是北方的雪，自然没有南方雪景的柔润，倒是增添了北方大好河山的凛然和坚定。只可惜这雪是秋深时节的雪，可能也不会存留太久。不过，雪来了，冬天也就来了。我真想让雪下得再大些，今天依旧住在这里，和雪作进一步的交流，感受雪的豪迈洒脱，感受雪洁净人间的美好画图，那不也是一件很惬意的事情吗？

　　可天不遂人愿，没过半个小时，雪就收拢了阵容。渐渐的，云雾退缩，又还给我们一个晴朗的天气。阳光一照，雪便开始融化。等我们挨到中午，雪已经近似无踪了，空留一些怅惘在心里折腾。

　　在那次到松山泡温泉邂逅雪之后，我就很少再去海陀山赏游。一直到了2007年秋天，眼看离退休不远了，我才忽然萌生了再去海陀的想法。而这个想法的初衷是海陀的山坳里有平北八路军司令部的旧址，看看八路军开辟平北时的工作地，缅怀先烈，感受红色人文，也是很有意义的事情。不过这次去海陀山，我们选择了从赤城方向登临。那天天气尚好，天空虽然灰蒙，但秋天的气味依然很浓。车从海陀的沟谷一直向前，穿林越滩，秋收的场景时时闯进眼帘，赶车拉秸秆的农民，长在地边上等待人们摘走的老倭瓜，无不显示出秋韵的浓烈。两侧连绵的崇山峻岭仿佛在列队相迎，在七拐八拐的山路上行车困难，汽车便在颠簸中艰难行进。只有清香的泥土味儿钻进车窗时，才能感到秋深的那种惬意。司机师傅对这儿的路很熟，不用打听就把我们拉到了一个叫大海陀的村庄，说从这儿登海陀最近最省力。可是刚刚穿越了村子，车子就被拦下了，一个手拿镰刀的壮汉笑着对我们说：现在不让上山了，甭说有规定不让上，就是你们想上也走不了。我问为什么，他指指天空，我这才发现，头顶的天正飘落雪花，零零散散地传达来自遥远天际的信息。无奈之下，我们只得返回，但不是走回头路，而是调转车头直奔闫家坪。那是赤城和延庆交界线上的小村子，距离海陀山顶仅有"一步之遥"。到了那儿也许就能够登山了，我当时这样想。

雪花越来越密，被风裹挟着飞舞。我把车窗稍微透一个小缝儿，就听到了尖利的"叫"，于是赶紧关窗。车子快要抵达山顶时，风更大了，雪也更密了。路面开始洁白，但车过后仍可以看到车轮印下的黄土。看来海陀顶是不能上了，能够安全回家就已经不错了。我打消了登海陀山顶的念头，留了些遗憾在心底。

海陀的高山性气候就是多变。车子抵达西大庄科村时，风住了雪停了，轻揽山坡的云雾像薄薄的纱，仿佛刻意掩盖着少女的娇羞。我极力远眺，想穿透轻纱一览少女的娇美。天公仿佛知我意，不大工夫就把云雾收去，我立即恳求司机师傅停车，下车饱览海陀的美景。

海陀山为北京第二高峰，海拔2241米，这儿山高峦密，风儿云儿到了这里都要歇歇脚，于是就形成了这里独特的小气候。常常妫川没下雨，这儿却云低电闪；妫川还秋韵浓烈时，这儿已经白雪盖帽；妫川百花盛开之际，海陀仍身白如玉。于是到海陀山欣赏别样美景就成了附近人们的一种爱好。

传说海陀山还是秦时人王次仲化大鸟落羽而成，这就更让寻幽探秘的人们趋之若鹜。

雪后的海陀异常静谧，连鸟叫声也没有，仿佛远古和现代的神秘都集中在这里。寂静之中，或可听到炎黄阪泉之战的杀声、战马的嘶鸣，闻到山戎族的炊烟，看到抗战的烽火。历史在这里留下的不仅仅是脚印，还有对和平的企及，对未来的昭示。这一趟海陀之行，我和雪仅仅是谋面，没有深交，这自然又在心底种下了遗憾。

第三次亲近海陀雪是在 2015 年春天。本来是到妫水河畔的雅荷园赏花的，可是远眺海陀山，竟然看见海陀白雪如帽，心中忽然生出了莫名的冲动，于是调转方向直奔松山。

车子进入松山，又直奔西大庄科。为了不虚此行，特地邀请了一个熟知北京冬奥会申办活动的朋友，因为他知道冬奥会雪橇比赛场地在什么地方，况且他具有在防火季进入松山的特许。双重的目的让我的心异常激动，恨不得立刻就到西大庄科，领略海陀的雪。心说，这一次要做深入、彻底的交流，白雪呀，一定要等我来！

进入松山大门，道路很干净，根本没有积雪。我有点忐忑，如果海陀雪融化了，岂不是又白来一趟？车子钻入西山沟，过了巨崖口，道路开始有雪，也许是这里海拔高的缘故。道路倒不是很湿滑，看来车子抵达西大庄科村是没有问题的，我忽然有点庆幸了。汽车在距离西大庄科几百米的地方停下来，是朋友让停下的，他说从这里上山，可以看到最美的景观。我怅然，但还是随同下车。西大庄科村的领地果然不俗，一下车，我就被高山雪景迷住了，凡是可以落雪的地方，雪都无一例外地光顾，只有陡峭的山崖留下稀疏的残缺，就连树木都被雪描绘了，仿佛要展露别样的晶莹剔透。上山的路是修整过的，台阶上虽然有雪，但因为平整不必担心滑倒。脚下的草丛已被绒绒的白雪覆盖，阳光照射的地方，格外耀眼。目光移向他处，入目的全是树挂，枝条像被镀了银粉一般晶莹灼目。偶有一棵柳树闯入视野，仿佛一个美丽的姑娘，娟好而清丽，婀娜多姿的腰身随轻风扭动，更显得俊俏多情。松树披了绒雪，让我想起陈毅"大雪压青松，青松挺且直"的诗句，大概说的就是这种傲然和挺拔。周围那些身躯不是很高的杏树，也举着待放的花骨朵，在寒冷中透着一股英气。

登上了一个高坡（也可以说是小山的山顶），我忽然被眼前的景象惊呆了！不禁叹出声来：哇呀！这儿竟有如此的美景！心底的那份激动如同刚刚咽了一口美酒！眼前是一道宽阔的山谷，远远望去，不止十里之遥，密密麻麻的树木高低错落铺在谷底，在山影之下，高举着银白色手臂，邀请蓝天低垂，再低垂！真想从哪儿拽来一片云彩，让它们亲吻个够。转而细想之际，又发现它们其实很古朴，就是一棵一人多高的小树，年龄也在百年以上。它们从没有表露任何的卑微，而是尽可能地适应环境，为大自然带来美，带来甘露。那种阔达、那种豪迈简直无以复加！在这儿，凛冽的、凝固的空气把静谧诠释得淋漓尽致。我没有看到这儿飘雪的魅力，但我看到了高山峡谷雪后的深沉和睿智。海陀雪韵原来如此不俗，如同聆听一曲顶级的磅礴壮美的交响乐。北京冬奥会选择在这里，可见海陀雪韵是何等出神入化！

　　真感谢那些慧眼识金的人们，感谢那些为申办冬奥会奔走的人们，把这里选作高山雪橇的比赛场，让这里得天独厚的优势充分发挥，丰富了春天的美妙、夏天的激动、秋天的丰厚、冬天的壮丽。

　　我注目着，欣赏着脉脉青山的自然风光，联想到历史沧桑，似乎心头沉淀着深深的忧患感情，又似在感受一次庄严的洗礼，意志的城墙在心中耸立起来，祈愿的辉煌正燃烧在崇高境界里。

　　冬奥会，我们期待着，海陀雪韵期待着。

2015 年 12 月 23 日

莲花山的月

秋日傍晚，莲花山下有意外的清凉，在这儿赏月，别有情趣。

夜的帷幕轻轻拉上的时候，山坳便徐徐散发清寂淡雅的韵味。那一轮挂在星空里的素月，更让安稳和静谧浸透着悠然的韵味。月仿佛沐浴了一般，像一株脱水的青莲，迷人的身段秀美得超凡脱俗。望月，感到月的灵气逼人、月的缱绻娇媚。

这时的群山是黛色的，山谷吹来清爽的风，清凉的感觉就在身边摇曳的草尖上。山脚小村阑珊的灯火和醉人的夜色相得益彰，构成了一幅淡然而又缥缈的月夜乡间图。

莲花山的月初上时，便拥有了洁净的夜空。再向上向远的天空更是广袤而静谧，没有一丝的云雾，仿佛专门为月清理出一片坦途，构建出一个色美绝伦的舞台，其间星光闪耀，则为月衬托出了海一样的湛蓝和深远。莲花山傲然群山之上，尽可俯视群山间的洞水农舍桑田。而群山山脊连绵起伏，如翻卷的波涛，又像众多美人舞蹈时轻拽裙裾。

莲花山的月，自是欣悦得越发窈窕，越发明亮。她把朗朗的银光洋洋洒洒地倾斜下来，洒在了弯弯山路，洒在了沟壑茅屋，洒在了清澈清潭，盈盈的脚步踏出了湿漉漉的原野，培育出了凝珠的蓓蕾。空气中弥漫着月的清辉，一切都变得和美悦心，山乡便在月的柔姿撩拨下，流出了醉人的芳馨。

这便让人想起了秦观的《鹊桥仙》："纤云弄巧，飞星传恨，银汉迢迢暗度。金风玉露一相逢，便胜却人间无数。柔情似水，佳期如梦，忍顾鹊桥归路。两情若是久长时，又岂在朝朝暮暮。"月与人的情自古传到今，永无尽期，个中原因，皆是月的柔美。

月开始升高了，原来的素月这时变成了皎月，旷野的银辉清如水飘如云。皎月挂天，更像是明眸善睐的美人，是长袖善舞的宫娥，披一件柔滑的舞衣，婀娜着蹁跹着，每一个舞姿都在诠释一段思古的幽情，只是不知思念的是何人，是后羿么？皎月俏丽了容颜，仿佛得到了远离尘境后的难以言说的解脱，浪漫着，遐思着，憧憬着，穿透历史云烟寻得了一份释然、一份真实。

秋虫奏起亘古如斯的乐章，这时无需任何语言，只要洗耳倾听，便可意会月的惆怅。"古人不见今时月，今月曾经照古人"，仿佛只有月才有资格充当古今万物的使者。月儿自古多情，自会把古人的情感和今人的怀念绵绵传递。此时的月，是风铃是雨滴是音弦是飧食，她把世间的万种情怀勾连在一起，为"伊人"做微漾的感伤。

莲花山的月，比别处的月更秀美清亮。她青春盛装，长袖鼓动的清风夹藏着花的芳香，只是幽幽的山风好像已经困倦，它要悄然送人们进入甜美梦乡。

独自赏月，选择在农家院、豆角架旁，总觉得月也有她的情动和伤怀，如若不然，月的眼神为何是婉约的，月光下的迷离为何是细腻的，月华的气韵为何是缥缈的？月又何来圆缺？莫叹"无言独上西楼，月如钩"，其实月的心事重重，古今都没有人读懂。

"春有百花秋有月，夏有凉风冬有雪。若无闲事挂心头，便是人间好时节。"多少人举目望蟾宫，一次次地让月成为情感的寄托，赏月也就变成了自赏和神伤。天心月圆虽是好时节，但不常有，云遮皎月时又心生嗔怨，可见人之自私贪婪。其实，人的赏月，往往是为了追求一段简单的快乐。长风起时，最让人惆怅的还是岁月的流逝，是那轮将坠的月的影子。

月很美，古今亦然，只有为生命注入了灵性的活水，月才是意韵深远的，因此，望月时别忘了让月沁透心扉。这种感受，谁与我同？

清露湿衣了，月也香汗涔涔，一片薄云过来，把月遮起来。月便躲进了帷幔里，可她娇柔的身躯仍然清晰。再好的情境也有曲终人散时，赏月也似看透人生，莫让世事轻易地穿透自己——月欲睡去却似如是说。

2014 年 4 月 3 日

留在弹琴峡的婉约情怀

八达岭长城的怀里，有一个名叫弹琴峡的地方。何时有名，何人以名，无从考证。细思去，弹琴么，就该是美人抚琴于怀，"轻拢慢捻抹复挑"，"切切如私语"，仿佛只有这样，才别有情调，令人心生爱恋，美人亦可尽兴于动作盈美，使飘荡的音韵绕耳不绝。细细品味时，仿佛连美人的气息也能感受到。

我想，大概就是这样的缘故，才引来代代的风流才子，及至帝王将相到此驻足。他们面对溪水淙淙，作诗吟咏，袒露小憩时那份难得的婉约情怀。

毋庸置疑，留在这里的诗篇的确很多。史料记载，元朝时就开始有人在弹琴峡留作。到了明清，大凡是风云人物，都要到此提笔，或作诗，或记文，这在当时已经不是新鲜事，因为皇帝都来一展才情，后继者岂能踌躇？趋之若鹜的结果是让一道小小的峡谷声名日甚。

如果说弹琴峡得益于名人效应，又实在有些牵强。其实弹琴峡得势于雄浑下的柔美。

万里长城，依山凭险，起伏跌宕于山水之间，气势磅礴，雄伟壮观，形与势极为雄奇。长城两侧峻岭争锋，沟壑纵横。可以想见，当烽火台的狼烟刚刚散去，人们拖着疲惫的身躯，在片刻的宁静和嘘叹中，享受一下天地间的美乐，倒也是别有一番情趣的。虽然达不到宠辱两忘，有一点"大音希声"的感悟也可洗尽风尘了。

弹琴峡就具备了这样的功能。

元朝人陈孚写了一首《弹琴峡》，诗文曰："月作金徽风作弦，清声岂待指中传。伯牙别有高山调，写在疏松乱石间。"有人评论他的诗遣词用字很经心。循着诗人的心路去叩问，似乎能体会到那种纷扰心情下对于宁静的祈求。可是清声写在疏松乱石间，如何听得真切？如何追求超然和洒脱？只不过小憩时能有溪水作琴声，已经难得。

同是元朝人的袁桷，他写的也是《弹琴峡》："寒泉飞玉峡，谁弹使成声，下有战士骨，呜咽水中鸣。"诗人触景生情，感慨良多，诗中包含了太多的悲壮和凄婉。他的诗作多为写景抒怀，吊古伤今，这首诗也同样流露了沧桑之感。

明朝人罗存礼写了《过弹琴峡》："一丝空谷水，流出太古音，我非太谷（地名，今属山西省）人，能识太古心。"诗人本该忘却荣辱，远离哀怨，求得飘逸，但处庙堂之尊，心境明达岂是易事？

纳兰性德是清朝婉约诗人的代表，王国维说他的诗是"以自然之眼观物，以自然之舌言情"，"北宋以来，一人而已"。他的《清平乐·弹琴峡题壁》这样写道："泠泠彻夜，谁是知音者。如梦前朝何是也,一曲边愁难写。极天关塞云中,人随落雁西风。唤取红襟翠袖,莫叫泪洒英雄。"从怀古角度写尽哀愁,红襟翠袖如何抚慰?凄清的婉约、怅然的清泪跃然纸上。

康熙皇帝写弹琴峡时是这样形容的:"琮琤流水意,仿佛似鸣琴。曲度泉归壑,声兼峡泛吟。空山传逸响,终古奏清音。不御金徽久,泠泠会素心。"乾隆皇帝写的"一洗筝琶耳,妙契烟霞思",都堪称细腻。可见一国之君,婉约情怀也一样萦萦在心。

到了现代,八达岭长城可供游览的地方多了,人们歇脚小憩也不必经过弹琴峡,描写弹琴峡的诗文才渐渐少了,但这并不影响弹琴峡的知名度,也不影响这里的婉约诗情。以弹琴峡为载体的婉约情愫就这样流淌着,就像那清凌凌的山涧水,从亘古流来,弦击岁月,清澈透明。

弹琴峡的确很美很幽。说她"一泓清水,流韵飞花"自不为过,说她"石以传音,林以寄情"也十分贴切,说她"水隐峡幽,清音鉴志"似无不可,说她"举步流连,美眸神闪"则更有一番情韵。

我也曾到过弹琴峡,也曾尽量去体味古人的情怀,但总觉得古人诗文备矣,不敢吟咏。可那种婉约的情愫仍然依依。弹琴峡两侧是高耸的崖壁,峡之窄、峡之促令人瞠目。柔软的流水到了这儿,挑逗般地撞击涧石,潺潺淙淙。如果这是江南小桥流水,自不必多说,可这是在长城脚下绵延的群山之下,就让人"黯乡魂,追旅思"了。人在这里,心易感,情多发，尤其是面对逶迤的流水、坚挺的涧石，超尘拔俗的情感、愁苦之旅的认知都涌上心头，写出的诗篇自然极尽凄婉。

时光荏苒，如今的弹琴峡，已经没有了古时的寂寞。高速公路犹如一条飘带，在山间穿梭。两侧高山经过多年的绿化，已是树木葱茏。但是弹琴峡山水相拥，云抚青岚，古之清韵并不减少一分。

距离弹琴峡不远，有一尊佛像，称作"弥勒听琴"，至今仍笑眯眯地端坐在那里，一面笑看历史云烟，一面享受着峡谷清音带来的难言乐趣。就是俗人，徜徉于此，掬一捧清水，撩几串飞珠溅玉，畅吸峡谷中弥漫的淡淡清新，心情也是愉悦的。说到底，弹琴峡虽不是完全的清净地，可孤影至此，倒像已置身仙境。

走到这儿，我不禁想起了《云水禅心》妙曲："空山鸟语兮，人与白云栖，潺潺清泉濯我心，潭深鱼儿戏。"也是，就在弹琴峡不远处的水关长城下，就有一个"金鱼池"，内中的鱼儿结队游戏，嬉游的姿势十分流畅，动作绵软柔美，但却缺了些自得乐趣。想来，今人饲养它们观赏玩乐，它们也只能强作逸乐。

今天的弹琴峡依然那么窄促，与别处相比，依然让人感受到翠拥的峡谷蕴藏着说不出的空灵，我曾设想，倘若是春雨迷蒙之际，这里是不是会铺展一幅极妙的水墨丹青？望雨烟，怅云卧，还会不会产生恬淡空寂的感觉？涧水还会不会奏出古时的乐章？

　　一阵清风袭来，思绪忽然醒了，因为清风送来的就是绵软的笑声，仿佛吴越人架一叶扁舟采莲时的那种笑。弹琴峡何愁没有婉约？有了艺人们在长城之巅的轻歌曼舞，有了两侧山梁无私的佑护，弹琴峡就像一名站在月色中的多情淑女，等待心悦之人前来掀开柔美的面纱。

　　只不过婉约情怀在注入新的内容后，会产生一种全新的概念、全新的视角，少了传统的愁苦，多了梦幻的悠然；少了古道的尘埃，多了悦逸的憧憬。

　　我愿弹琴峡永远收藏着倚思的弦乐，优美的诗行，迷人的清纯。因为苍天不会老去。

2014 年 1 月 28 日

绿风漫过佛爷顶

听说过佛爷顶么？那是能把妫川尽收眼底的山，那是把风水交织成大美的山。佛爷顶还有一个很诗意的名字，称作"缙阳山"。

每到绿韵初萌的季节，我都会想起唐代诗人贺知章的《咏柳》，仿佛这也成了一种惯例。只不过早年对诗中的"不知细叶谁裁出，二月春风似剪刀"很有疑问，春风本是和煦温暖的，怎么就成了剪刀了呢？剪刀何其锋利，如何却与春风相提并论？及至后来，随着时日渐过，慢慢地有些理解了，并且惊叹古人用字的含蓄绝妙。

我没有诗人的眼力和身处妙地的灵感，但在延庆的佛爷顶，也惊逢了煦风，不过时节早已不是南方那种花海飘香的孟春、仲春、季春了，该是夏日的绿风微醺了。在这儿，春天还在留恋。

漫过佛爷顶的风是温和而又爽快的。从走到她的脚下开始，就有一种温和袭到心头，她的抚摸近似一双娇嫩细腻的手轻轻地从脸颊滑过，之后便顺着脖颈溜走了，并且没有忘记抖起几根头发挑动你的心情。上山的路已不是旧时的乱石滚滚，不知什么时候变成了水泥路，比原来"宽绰"多了。沿着山路缓行，恍若在深山幽峡穿行，路两边的灌木已经吐出了新绿。眼往山头远望，山洼里仿佛生出淡淡的雾气，宛若轻纱蒙面的处子，平添了几分娇羞。几株拽着春天裙角的山桃花忘情地灿烂，刻意释放着浓浓的爱意，让人觉得或是偶遇仙子了。因为走得急，吁喘自是难免，需要停下来静神调息。这时眺望妫川，沃野娴静，似远在天边的官厅湖泛出耀眼的银色光芒，细看去，又像一块碧玉嵌在两道山脉相接的地方，让人产生无限想象。县城的楼房都隐藏在绿烟里，一幅妫川美景图就这样在眼前铺展了。再往上走，大概到了山半腰的地方，灌木渐渐不见了，进入眼帘的是成片成片的落叶松林，绿融融的针叶透着鲜嫩，吸收了阳光，分解了阳光，也融化了阳光，所以看上去非常的可爱、非常的娇贵。那些树挤在一起，谁也不排斥谁，仿佛这就是天理。松林随着山体起伏，连一点空间也没有留下，而且每棵松树都笔直高耸，呈现一种蓬勃向上的力量。真的很叹服这些落叶松，在这样的高度，伟挺峭立。那种修长的身姿、挺直的容仪，会让其他类任何树木在它们身边都感到逊色。出于一种惊叹，我真的走到一株松的跟前，与它相拥。没有想到，这一搂，仅仅是围了树干的三分之一！

转过一道山冈，原来成一个坡面的落叶松林开始降到了脚下，仿佛风的力量也比先前强大了。松间穿行的一阵阵风带来了古老的声响，我知道这就是我们常说的"松涛"。可细细听去，那鼓动松树发出的声音并不是来自落叶松林，而是来自头上和路边的针松，它们身着翠绿，也是拥着挤着，但没有落叶松林那么有序，而且只顾及自己伸展枝杈，做出扭动的姿态，诠释刚强的气韵。

风真的大了许多，头发全被吹乱，胸间凉风频频灌入，叫人不得不裹紧衣服。这时的凉爽已经有点残酷了。这使我想起了"高处不胜寒"的诗句，其实，佛爷顶最高处海拔不过1252米。驻足张望妫川，道道山脉像是若干条温顺匍匐的长龙，就连海坨山，也不是高耸挺拔的样子了。往东端看，群山连绵，高高低低各不同。但有一样相同，那就是每座山都披上了新绿，近处的鲜一些，远处的轻一些。顺着一道山谷俯瞰，白河水库平展展地躺在谷底，像一面镜子般耀眼，又像一块锦缎那样绚丽，顿时感到这应该就是"高峡出平湖"了。天地间的造化，为佛爷顶增添了值得玩味的幽趣。无须过多的渲染，佛爷顶就勾勒出灵光秀雅的品位，为造访她的人留下无数遥想。

伫立山顶，我的情感也忽然飘荡起来。眼前的美妙景色实在令人陶醉。其实不仅仅是我，绿风漫过佛爷顶，峰峦、树木和茸茸青草不都是在做着生机盎然的梦吗？正是苍松翠柏沉醉于绿色的梦，才有了佛爷顶的林深、景美、气清；花草沉醉于绿色的梦，才有了妫川的灵动和魅力；群山沉醉于绿色的梦，才有了延庆生态文明的光辉。

或有哪位大文豪偶到延庆，情感激荡的时候，也会为绿色的延庆作一首"咏林"诗，永远流传于人间呢？贺知章倘若隔世有知，该做何感想？

2011 年 4 月 22 日

默想香屯

本来并不是很新奇的一个地方，突然有天使光顾了，于是人们成群结队来结实这颗镶嵌在深山的明珠，并不断渲染，使之盛名日甚。这个地方叫香屯。2007 年，香屯被评为首都最美村庄。

我到香屯，纯属偶然。但一经谋面，就被她的俏丽吸引住了：香屯果然不俗。时至今日，香屯的容颜仍在脑海里频频浮现。

香屯很美，美得自然，美得灵秀。一条清洌的小河蜿蜒在村边的沟谷，潺潺的水声就像摇动的牛铃，清脆绵绵又古老至纯。小村依偎在山腰，仿佛是摇篮里睡梦中的婴儿，那么可人，那么娇秀。房屋错落排列，石板街道曲曲折折高高低低地通到各家各户，非常自然，非常有致，非常流畅。房屋有的古老，有的现代，凸显了历史的变迁和延续。二十多户人家或背靠大山，或面对大山，或左右傍邻大山，阅尽了夏霭冬雪秋光春色。一切都是那么洒脱清纯。

香屯的美，还美在富饶，美在厚实。一道幽深的山谷托着山里人所有生计，莽莽的绿色就像绒绒巨毯铺在每一处的山脊和坡面。蕰染遍绿的几乎都是栗树和核桃。古老的栗树、核桃树都有百年以上的树龄，有的高达数百年。如果你在一棵大树下凝视，村里人会向你介绍，他的爷爷的爷爷在世的时候，这棵大树就是这个样子。后人为了表示对树的崇敬，还常常为其披上红布，以此表现树的深厚的资历。我在一条山沟见到一棵栗子树，树冠方圆数十平方米，上百人都可以在它的荫蔽下乘凉。最让人吃惊的是它枝权的扭动态势，如龙飞舞，如凤展翅。倘使诗词名家到此一览，若不作一篇"栗树赋"称颂，定会成为终生憾事。就是这样的大树，也没有倚老卖老，仍然果实累累。是香屯的福地独有促其焕发青春的环境，还是香屯人的勤劳朴实感动了无言的生命？我想一定是兼而有之。据村里人介绍，香屯人靠着果树每年每人都有数万元的进项呢！

香屯很美，可在幽静的环境中找到古老。从香屯左侧上行，穿过密密的树林，多不过十分钟，就可在树的梢头发现一道长城。那是一条明代修筑的长城，城楼巍峨，城体端在，随着山体起伏，若银龙跃动。爬上长城，仰看天空高渺不可及，远眺层山如黛、绿韵浓烈，极目阡陌纵横、烟云氤氲，便慨叹人间万事悠悠，徒生思古吟今之幽情。仿佛耳边又响起军情危急的号角，城楼就要燃起刺破青天的滚滚狼烟。一股历史的沉重感涌上心头，不知那些沉迷香屯美景的人，是否与我有同样的感受？

正是有了长城的庇护，有了溪流的弹唱，光顾香屯的人越来越多。中国人、外国人，男男女女、老老少少，仿佛都要在这儿追寻梦里的山林野地的清幽和乡村居住的恬淡，让麻木的日子生出鲜活的波澜。他们忘情于山水，全不顾独行或结伴而行的疲惫，只要有迷人的景色做背景，就觉得此行不虚。

时光如白驹过隙，一个难耐的夏季又过去了。每每想起在香屯小住的情景，她的幽美就萦绕心头。现代人享受生活的过程中总会涉足各个地方，包括香屯。大家这样沉迷着，追索着，也就恍兮惚兮地都做了一回天使。

接待天使，香屯有幸。

2009 年 9 月 2 日

目不暇接的美丽

延庆，是个山水相依的地方，也是文明发祥的地方，因了这个缘故，延庆还是流淌美丽的地方。这儿的绮丽与中华文明紧密地结合在一起，燃烧着岁月的神圣，由此而产生的历史厚重感亦如同写进时光隧道的伟诗雄词。

不是吗？炎黄阪泉之战的尘埃、山戎居所的炊烟、汉唐北魏变故的洗礼、辽金的沧桑、元明清的磨难和民国时抗日的烽烟，无不在这里留下印记。雄伟的八达岭长城、千古之谜古崖居以及辽代冶炉铁的斑驳，哪一样不是盘根错节的时间的杰作？尤其是平北抗日的烽火，在延庆留下了壮美的史诗，那种不屈不挠的斗争精神，至今仍让我们热血沸腾。可以说，延庆的山川、延庆的天空，无时不在诉说着历史的辽阔和静穆，也叙说着岁月的花团锦簇。中华人民共和国成立后，中国共产党领导全中国人民带着民族最美最热切的憧憬，衔着民族的光荣和梦想，自信而从容地走向民族复兴的灿烂前程。注视着历史遗迹，我们看到的是感伤的美、豪壮的美、激荡心怀的美。这种美几乎时刻荡漾在我们的心头，催我们奋进，催我们踏着前人的足迹，去实现伟大的中国梦。

山水养育了文明，文明的目标是创造更清纯更和谐更温馨的美。改革开放后的延庆，如同一个技术精湛的雕刻家，也如同一个技艺高超的画师，在祖国波澜壮阔的蓝图上描绘自己的靓丽容颜。20世纪80年代，延庆的旅游点仅有20多处，而今，短短的二十年过去了，在生态文明的旗帜下，延庆已经是全境均可旅游，无处不经典，无处不迷人。冰川绿谷、百丽山水画廊、花田刘斌堡、四季花海等，都已经打造出了金色的名片，每一处都是让人惬意的亮眼，每一处都可以留下经久的回味。

秀美的景色总是伴随着建设的脚步。进入21世纪，延庆的发展战略瞄准了生态涵养，各行各业的健康发展几近日新月异。四大生态走廊铺展了生机勃勃的美丽画卷；湿地涵养和风沙源治理让县域变成绿色的海洋；高速公路、城际铁路可以指引我们走出延庆欣赏祖国的大好河山，尽享更为广阔的四季的美丽；观光路、乡村路四通八达，连起了300多个村庄，村村通公交，任何时候都能亲近美丽。土坯房、茅草屋不见了，就连砖瓦房也日渐减少，取而代之的是公寓和别墅。一两年过去，就有恍如隔世之感。城市建设的速度让人惊叹不已，昨日的成片棚户区变成今日的生态园林城。一个联系北京西北地区的交通枢纽，服务北京的国际化旅游休闲区、区域物流和生态农业基地，服务北京市民的休闲度假基地正在形成。诚如歌词里唱的："百里山水作砚池，妫河泼墨千年画。一城宁静半城园，推门长城就在屋檐下。"

美丽源于大自然，更源于建设者的汗水。抓住 2019 年世界园林博览会和 2022 年北京冬奥会的契机，延庆迎来又一轮的快速发展。为了实现发展目标，多少人在默默付出，多少人夜不能寐，多少人奋斗不息！今天京张高铁、高速公路建设传来喜讯，明天就是世园会园区建设项目完成的新消息！每一个普通的建设者在这个时代都是可爱的人。

美丽还和延庆的文明氛围紧密结合在一起。一句"不闯红灯不越线，做文明有礼的延庆人"很朴实，却产生无可估量的感召力；一个"文明经商"的标语，把诚信拽到了你我身边；一幅"中华圆梦"的宣传画，契合了我们共同的心声。文明走进生活，走进心灵，产生的是大美！境由心造，感受到幸福和谐就是"美"的终极诠释。

目不暇接的美丽，是纵向的，时间这样说；目不暇接的美丽，是横向的，大地这样说；美丽在于拥抱生活的甜蜜，你我的心灵这样说。十九大召开在即，让我们的每一个脚印，紧系着延庆这片神奇土地；让我们心中每一刻的憧憬，芬芳着建设家园的精神。我们所向披靡的奋斗，带来的是事业的日新月异。留得激情在，延庆的美丽，也将永远目不暇接。

我们为延庆拥有目不暇接的美丽而庆幸。

2017 年 9 月 23 日

清明情结

　　每到清明，我都会想起杜牧那首脍炙人口的《清明》诗：
"清明时节雨纷纷，路上行人欲断魂。借问酒家何处有，牧童
遥指杏花村。"清明，二十四节气之一，也是最让人感慨良多
的一个节气。从晋文公到唐玄宗，从平民百姓到达官贵人、
文人雅士，咏叹、诠释清明的文字几乎成了华夏文明里一段
不可或缺的华章。按《岁时百问》的说法："万物生长此时，
皆清洁而明净。故谓之清明。"在这个时节祭拜祖先，踏青，
仿佛也与春天的情愫有关。

　　的确，清明是春天的诗歌，古往今来唱不衰。上至皇帝
下及平民，多有诗作抒写清明。宋朝诗人吴维信写过《苏堤
清明即事》："梨花风起正清明，游子寻春半出城，日暮笙歌
收拾去，万株杨柳属流莺。"道尽了清和景明、民多游春的气
象。黄庭坚《清明》写的"佳节清明桃李笑，野田荒冢只生
愁。雷惊天地龙蛇蛰，雨足郊原草木柔"，同样勾勒出清明时
节的风光。华夏疆域辽阔，东西南北同一个清明，差异虽然
很大，但清明时节的情怀鲜有二致。

伫立于清明，人们常常感叹时间的流逝，感叹容颜的衰老，感叹逝者的远离，产生泪盈双眼的伤恸。回首间，时间在清明被再度压缩，生命的脆弱、无常、须臾、毁灭，在季风中凝固，一幕幕的自然场景里容纳了太多太多抒情的挽歌！

清明真的就是这样让人感怀的么？实不尽然。只要我们用心去感受清明，就会体味到，清明本是欢快的、跳跃的、清丽的，是清明推开了春天的大门。当我们跨入绚丽季节的刹那，还会去在乎刚刚过去的乍暖还寒么？

清明，真真切切地把我们带进了春天，当看到残雪里的尖尖草，我们是那样怦然心动、欢呼雀跃，仿佛立刻就读懂了生命所涵蕴的全部美丽。

清明，我们祭扫在苍冢，对先辈和故人的敬意、怀念禁不住会在胸中涌起，可是你是否在此刻惊诧地发现，一簇绿草正向你袭来丝丝甜美的气息？是否觉得枯槁中徜徉着无限生机？你的灵魂、心情正悄然得到春的抚慰和净化？

真的，清明为世人推开了春天的大门，人们感受春天多从清明开始。不管身在何地，春都在向你微笑。也许你踏青在江南竹林，蒙蒙的春雨与你不期而遇，薄雾中，那山那水恍若一个情窦初开的少女，欲说还休的贴己话儿就变成了洒在你身上的雨滴。也许你在漠北的老林，茫茫的雪地悄悄洇漫出一条溪流，寒香里，耳畔的叮咚声就是春天弹奏的情韵，仿佛要在你的心头留下一段相思结。也许你置身于田野阡陌，欣赏油菜花金灿灿，麦苗绿莹莹，还不忘细心挑取泥土里的各种野菜，尽情享受大自然馈赠的欢乐。也许你在繁华的都市，走过的缅怀之旅，化作了一种激励，你把深沉的回眸变成了求索的脚步，希冀新的家园在历史与现实的交响中生机勃勃、亭亭玉立，清明为你送来了新春的奏鸣曲。

清明，我们还要仰望红旗。这样，就会时时牢记倒在血泊里的英雄，就会记得那些含泪的眼睛。那些埋在地下的英雄的骸骨，使我们懂得了华表的尊严和长城的骄傲。今天，我们又在聆听着春天的故事，为的是继承伟业，科学发展，让世界和春一样，都涨满和谐的意境。

妫川的清明，有更多的蕴意，驰名于世的历史遗迹和国家级的革命教育基地为这片神奇的土地赋予了深刻的内涵。伫立清明，不用过多地感叹人生的来也匆匆去也匆匆，不用感叹时光如白驹过隙，而应在柔软的春风中放飞豪迈的灵感和激情，为了明天的风景，留下对后人的勉励。

清明，还激励人们秉持理想，御风而行。愿你我相约春天，都有一个真实的开始。愿你我在享受清和之际，与春天一起站成美丽的合影。

2011 年 4 月 5 日

徜徉轻风好看花

　　为了回应朋友的一个邀请，我到了八达岭镇大浮坨村。对这个村庄，我并不陌生，因为八达岭镇的第二届文化节就是在村里的礼堂举办的。只不过这次到大浮坨别有情调和意味。

　　汽车行驶在延庆到八达岭的快速公路上，远远地就见两边的杏树涨满了花，隐在路边柏墙和迎春花之后，羞答答的样子，仿佛是故意要忸怩作态，撩人前去顾盼。只是汽车不停，平平地辜负了杏花林的一番美意。

　　我知道，古人对于杏花的溢美之词颇多，其中脍炙人口的就有百余首，几乎我们能够叫上名来的古代诗词"大腕儿"都有关于杏花的名篇传世，而抒发的情怀却各异。宋朝诗人宋祁的"绿杨烟外晓寒轻，红杏枝头春意闹"几乎妇孺皆知，一个"闹"字还引申出用词贴切的故事。宋人叶绍翁的"应怜屐齿印苍苔，小扣柴扉久不开。春色满园关不住，一枝红杏出墙来"，则反映出另一种婉约的情调。至于唐朝罗隐的《杏花》诗，就流露出无奈的情绪了。"暖气潜催次第春，梅花已谢杏花新。半开半落闲园里，何异荣枯世上人？"哀婉的感叹让春光的秀美大打折扣，就好像那句"又是一年芳草绿，依然十里杏花红"，充满了对岁月流逝的怅惘和无奈。

其实，杏花是热烈的，就像姑娘传给你的一个眼神，就如同白皙的脸上泛起的那片红晕，所以人们常以红艳代指杏花，突出杏花的娇艳与热烈。红杏出墙反映的也是春意涌动的绚丽景象，全不是桃色传闻。

延庆是杏花之乡，许多乡镇种植千亩、万亩的杏树，如今长成，一朝花开，恰如"忽如一夜春风来，千树万树梨花开"的景象，片片杏花也终于汇成杏花海。由此而派生的"杏花节"方兴未艾。客从八方来，络绎如织。杏花节一结束，颂美延庆杏花的诗歌就会雪片般落在主持者的案头上，犹如落花缤纷。

我们行车的路程很短，仅几十几分钟，汽车就拐进了村口。迎面而来的不是村民的身影，而是黄得鲜亮的迎春花，虽然姿容不是很俏丽，但真情却也动人。最令人唏嘘的是，迎春花不要很大的地盘，能够立身足矣，流露出"住所大小无所谓，只要过得开心就好"的襟怀。这些迎春花并不纠缠在一起，而是各找各的地方，绽放所有的花蕾，依然把春天描摹得十分醉人，其胸怀之大度让人汗颜。

来到村办公楼，支部书记和村委会主任热情地迎接了我们。彼此寒暄之后，我急急地提出要去杏林看花，这让两位村领导大感意外，立即派人领路，前往原本在路途中瞟到的那片杏林。其实大家都心照不宣，好像那片杏林已经不是角落里的藏娇，而是大大方方迎接八方来客的一队倩影。在我看来，人之于花，总有一些感受藏于心底，尤其是冬去春来之际，离却莽苍，期望温和绚丽，寻找靓丽，几乎成了一种需求、一种寄托。无论男人女人、老人小孩，都是一样的秉性使然。我一个凡夫俗子，自然概莫能外。说白了，就是人对于美好事物的敬慕和爱恋。

脚下的土已经松软，不乏嫩嫩的小草张望身边的新世界。每每看到小草痴痴的样子，我都会把脚步放得很轻很轻。待到走上了通往杏林的水泥路，才敢迈开大步，任由自己轻松前进。一片柏树林闪过，大片的杏林扑面而来，让人猝不及防。杏林实在是壮观，方圆有至，恍若一座城。细细品味，又像一片花的海，禁不住要为这美景欢呼喝彩。同来的数人也都被惊呆了，对偌大的杏林赞叹不已。

杏林的每棵树都被精心裁剪过，枝头缀满了粉白色的花，一阵清风掠过，飘下来几片花瓣，倒像翩然的蝴蝶了。在轻风里，花朵也很兴奋，自豪地舒展花瓣，仿佛在明媚的阳光下舒展腰肢一样。一阵幽香、温和而清丽的气息随着清风扑来，让人感到每棵树上的花瓣都在招手，顾盼。

此时此刻的我，真的被逼人的清妍包围了。难怪有人描摹杏花"春色方盈野，枝枝绽翠英"。

尽管人们对于杏花的感受千差万别，但是我还是坚持认为，杏花虽然没有梅花的高雅，没有桃花的红艳，没有梨花的玉洁，但是能够开在漫山遍野，已经难能可贵，更何况杏花铺遍春色，坦荡洒脱，能给人留下多少缠绵的情愫和温馨的遐想!

村干部走上来,向我介绍大浮坨村 600 亩杏林带来的效益。从他那喜形于表的样子里,我看到了他内心的喜悦和憧憬,明天的一切仿佛都在他的掌握之中。是的,当新时代的农民掌握了自己的命运,还有什么能够阻挡他们前进的步伐呢?

我极目眼前的杏林,想把她望穿,想知道她的全部绝妙,但又一想,这还有必要么?徜徉在轻风里看花,风流和绚烂已经不属于我,而是属于土生土长的他们和它们。

2011 年 4 月 20 日

嬗变的风情别有致

一位与我交往甚笃的朋友告诉我大榆树镇近年发生的惊人变化。而且特别奇怪的是，他对那里的每个变化、每道风景、每个能人都赞不绝口。这让我十分吃惊。在我的记忆里，有关大榆树镇的存照不多，30年前的印象浅浅的，犹如散失在天际的轻云，记忆中留存的多是匍匐在冷清里的村庄。如今这块地方真的"旧貌换新颜"了么？当疑问化为冲动和欲望的时候，种种猜测越发驱使我到大榆树镇走一走，看一看。那位朋友自然随我一同前往，以证所言不虚。

大榆树镇位于县境东南一角，南山呈东西方向静卧，境内110国道、大秦铁路、八达岭快速路把镇内村庄不很规则地划分为几块。曾几何时，这片村庄时有喧嚣时有清冷。虽然南部山区极少村庄沾了八达岭的光，但所沾之光如同树影遗漏在地面的光斑，稍纵即逝。如今大榆树镇的村庄又有多少变化呢？如果像朋友说的那样，又不免让人发问：大榆树镇的优势又在哪里？

就近踏游是我一贯的原则，我刻意感受的第一站就选择在了岳家营村，因为那儿曾留有我的脚步。20 世纪 80 年代初，岳家营穷得可怜，村民连电费都交不起，寒冬人们用玉米秸秆取暖，家家户户的土墙都是玉米秸秆的依偎之处。街门开时，就有衣衫不整的儿童向你张望，猜测你的来意。如今岳家营变成了什么样呢？汽车在村委会的大门前停了下来，道路两旁已有万张笑脸相迎——别误会，那是各色的花儿开得正艳，一排排一簇簇，忘情绽放，姿色俱佳。红的鲜，白的娇，黄的靓，紫的媚，状如秀女闪动明眸。经向一位正在为花儿浇水的村民询问，方知这些花儿是遴选北京之后剩留的，让人心生感叹，于是联想起那些进京的"佳丽"，应该更是娇艳无比的了。

村委会的院落十分宽大，一排大瓦房既高且阔，内外装修也很讲究。在这里，我见到了村党支部书记吴英，他是带领岳家营人创业的功臣。有关他的事迹我是通过"感动延庆十大人物"评选知道的。在他的办公室，我向他提出了许多问题，意在找出最贴近主题的答案。他不慌不忙，告诉了我一大堆数字：现在岳家营全村 126 户，面积 1398 亩；2007 年，人均收入一万多块，预计今年种花的年收入能有 700 多万！每年几百万盆花按照订单送交北京，天安门广场摆放的花儿就是岳家营送去的，今年的盆花都将摆放到鸟巢和首都机场。除了种花，村里奶牛存栏 150 头，还有其他订单项目，主要是绿芦笋、大葱、西红柿、西芹、食用菌菇和西洋参等，有的蔬菜销往境外。他惬意地说："38 家养花，21 家养杏孢菇，40 家种芦笋。光种芦笋一项，就有 700 亩土地。西红柿大棚

70个，占地100亩，而且每个大棚都是一年几茬。人手不够时，就从别的村雇人。所有大棚菜都由村委会负责销路，种菜的人根本不用操心。"

我提出到大棚看看，他欣然同意。想不到走在田间，路已经是水泥硬化而成，他指着一片偌大的田地说："明年我们把这块地也收回来，种大棚菜。""村民同意吗？""同意，现在的大棚都是从村民手中收回的，自家种地收入很少，村里人都愿意把地交回来。"我们边说边走，转了几处大棚，人们都在忙碌，有人招呼他们的吴书记，请书记解决种植上的一些问题。眼前的这位吴书记一一笑着应允。这回我倒还真的看见了农村干群之间的和谐和默契，不禁感受良多。

可是，我还是看到了几十年前的旧房老院。见我又要提问，吴书记抢先回应："家家种大棚总得有个住处吧，其实有不少人家已经在县城买了楼房。"我心中豁然。他兴致很高，谈到了市委书记、市长在县领导陪同下到岳家营村视察时的情景，脸上洋溢出欣慰和自豪。岳家营的确变了，昔日的荒村如今变成了花园式村庄，怎能不让人叹服！

车过簸箕营村，我发现村子早已经过精心改造，路面整洁，就连道路两边都已经过美化，别具造型的观赏石点缀其间，凉亭雕梁画栋，石板路弯曲清幽，绿草茵茵，已与画廊毫无二致。在村味熏暖的微风中，一缕缕清香悠然扑鼻，直沁心头，抬眼望去，竟不知源自何处。我想，在这样的地方生活，人的心灵都是清纯的。

汽车开到了镇域内的大学城下。其实这是北京科技学院的一个分校，校园内高楼鳞次栉比，宝塔熠熠生辉，树影摇曳。我看不到校园里面的风光，但见从校园上空飞过来几只小燕子，追逐着唧唧而语，仿佛正在讨论什么问题。学校墙外有两个湖泊，在岸边的树荫下，一个学生正静静地看书，其情其境让人感触良多。清风吹来，一波一波搔痒了静水，逗出笑的涟漪，我暗问岸边学子，你是否能够容忍这善意的轻扰？

汽车钻进小张家口南沟，满目青翠。沟谷内的长城音乐园正在建设中，平展展的路基很宽阔，让人感到惊异。仰望大山，心中又忽然升起微妙的情愫，莫名的感慨中隐含着一种激越，似有千军万马卷着烽烟而来，一任思绪在绿林断垣间徜徉飘移。我不知即将飘来的韶乐能否少一些红灯摇曳、烈酒喷溢，少一些人生长乐的幻梦，隐在谷间的长城似乎欲说还休。

车到阜高营，景色越加美丽，千亩黄芩高举紫色穗花，惹起人满眼的新鲜。这些与我同度艰难岁月的相知，过去常年居于深山，我的一次次探访无非是想把它们请下山，帮我补贴家用。不承想时过境迁，它们忽然间也变得阔气了，以新的格调走进人们的视野。那情趣，那风姿，足以让人欲醉且狂，恍惚间生出缠绵遐想。下了车，我径自闯入花阵，立时就觉得被逼人的清妍所围，若能畅美地躺在那里，轻声叙说如歌岁月的种种情怀，哪怕片刻，也会收获饱满情绪。同行的那位朋友笑着走上前来，带着内行的口气介绍它们的功劳。原来种植黄芩，须三年收获，一亩地可得三四千元，比种玉米实惠多了。听了这话，我真的被眼前的美景陶醉了，但愿这大片大片黄芩的主人能够继续精诚创业，在憧憬的蓝图上描绘出更加绮丽的色彩。

造访的最后一站，是大榆树镇政府所在地，这儿早已今非昔比。不知什么时候是谁在这儿动了大手笔，原来破旧的房屋已经无影无踪，取而代之的是洁净亮丽的楼房和笔直的柏油路。太阳能灯把环保的意义诠释得透彻而精辟，路边的文化园若丽人轻舞，近处的石凳、花草、石板路、亭榭，外围的机关、学校、商店、厂房，还有密集民房的粉墙黛瓦、曲巷和林荫，让人感到别有风致、钟灵毓秀。放眼远眺，青山如黛，边城苍黄，国道车轮滚滚，悠远古风和现代节奏相互交映。此时此地，尽可感悟这片土地的流光溢彩，感悟历史的雄壮独特，感悟人民的朴实无华、勤劳宽厚。其实说到底，大榆树镇的魅力在于中央新农村建设的号召，在于各级带头人的才智聪颖、心胸豁达，在于人民的勤劳能干，舍此何来奋发有为的气息？

我忽然想起毛主席雄浑壮烈的诗句："三十八年过去，弹指一挥间。"此时此刻，心头的无尽感慨已经涌动起周身热血。面对我的那位朋友，我几乎无言以对，只是心中赞许："嬗变的风情别有致，嬗变的风情最诱人！"

2008 年 10 月 2 日

意趣盎然石峡峪

悠悠石峡峪，从古代荒蛮中走来，从刀光剑影中走来，从历史风云中走来，穿过二十一世纪的钟声，走到了改革开放的新时期，大步迈进了现代的文明与和谐。

穿越石峡山谷，但见石崖相拱，放眼望去，青山溢翠，叠嶂，大自然的妙笔生花绘就了一幅雄浑粗犷的景致，让人走近她时即刻就能感到那种自然而然地从心底溢出的激动。况且这儿还掩藏着一座历史古城，就更让人充满好奇。

走在八达岭镇石峡村的石板街上，每迈一步都是小心翼翼的。仿佛是徜徉在古人的记忆里，耐心去做静静的探寻、轻轻的叩问，神圣而庄严；又像是悉心地去清扫蒙在古物上的浮尘，擦拭一件不可多得的瑰宝，严谨而庄重，生怕一不小心弄破了一页历经千年的十分脆弱且又珍稀的历史档案。

现今的石峡村，是一个只有 67 户人家的山村，人口不足200 人，却承载着众多远去的故事，不能不让人感叹，敬服。

时间追溯到 1644 年，那是中国历史上一年出现三个皇帝的岁月，动荡成了那个年份的标志。当时的石峡峪是一个重要的军事关隘，筑城池，扎军营，一个弹丸之地传说设了三个官方机构，村里人称之为总台、府台、守备。史实如何称谓，难以深入考证。在距石峡很近的八达岭，发生了李自成的大顺军攻破长城挺进北京的故事。伫立于此，的确叫人感到历史的凝重和扑朔迷离。据传，京剧《三疑记》就是以当年发生在石峡的一个故事为蓝本的。

现今的石峡村早已被岁月涤尽古朴，崭新的红瓦房错落有致，每一条小街的两旁都植有花草，色泽娇艳，芳香流溢。且在夏初抵达这里，熏风微拂，暖中略带爽意。洁净的路面片片团团的树影晃动，山村倒像是沉浸在大自然特别恩允的纯清里。

在村子边缘，我们找到了古城遗址。底部青色的石条厚重而整齐，灰蓝色的城砖砌在石条上，和别处的砖城毫无二致，只是断垣羸瘦，多了几分怆然。和崭新的房屋、洁净的街道两相对照，遂即感到历史的沧桑。在一个废弃的小院（想来是做仓库用的），我看到了古城池的南门洞顶部遗存的"迎旭"石，它静静地躺在青草之中，更多了几分失落，平添了几度悲凉。石头显然经过村里人耐心的擦拭，汉白玉质地依然泛着润泽。"迎旭"两个字刚劲挺拔，浑厚有力，想来当时执笔人是有力透纸背之功的。落款是明万历四年，足见年代之悠久。于是又由闯王进京的历史典故想起了李自成，他当皇帝的时间极短，却把明末的政局搅得天翻地覆。李自成初名鸿基，1606年生于陕西米脂县怀元堡，少时家境贫寒，幼年曾被送到寺庙，后到艾姓地主家放羊，种过地，打过铁，当过狱卒。1630年因借债无力偿还被打入死牢，越狱后杀死财主投奔了起义军，推高迎祥为闯王，李为闯将。1644年正月，李自成在西安建国，国号大顺。正月初八李自成率军从西安出发，三月十五日抵达居庸关，十九日攻入北京，宣告了明朝的灭亡。四月三十日撤离北京。李自成在北京仅仅待了40天就宣告失败，局限性暴露无遗。郭沫若根据李自成的历史悲剧，写了《甲申三百年祭》，留给后人更多思索。如今闯王大军经过的石峡峪，"烽烟不再警戎马，边城依旧客嘉宾"，不禁让人思索万千。

思绪流连于古石峡峪，古人的边塞诗涌入脑海，但以感伤者、苍烈者居多。一句"萧萧古塞冷，漠漠秋云低"，荡尽边关情愁。"踌躇古塞关，悲歌为谁长"，吁嗟中涵纳了孤怨。就是壮怀的诗句，也不过是"马革裹尸还"，一幅悲凉景象。清人纳兰性德的《清平乐》写道："泠泠彻夜，谁是知音者。如梦前朝何处也，一曲边愁难写。极天关塞云中，人随落雁西风。唤取红襟翠袖，莫教泪洒英雄。"愁伤中充满怅惘。然而古愁恰似江水，毕竟东流去。当中国开始新的历史征程的时候，到处莺歌燕舞。连石峡这样的偏远小村，也早已旧貌换新颜。

听说石峡村的大峪沟藏有"原始森林"，这倒牵动了我的神经，设想到大峪沟走走，定是十分惬意的事情。

走进大峪沟，如同在绿浪里穿游，吸进的每一口空气都浸润着清香。浓密的绿林，静谧美好，这里没有痛苦，没有忧伤，古诗词里的边塞的苍凉与这里没有一丝一毫的关系，有的是难以形容的妩媚和秀丽。这时，任你的思维长出飞翔的翅膀，任你的情思荡出美妙的畅想。花草释放的芳香和着鸟儿的啼鸣，在山谷一轮轮地蔓延，飘荡。这时的你会找到青春的浪漫，心中自会划出彩色的涟漪。有了绿色的大写意，四周的长城把身段隐去了，峰楼把峻拔放低了，仿佛英雄憩息时，林间独卧享受那份清寂的美妙。

遥望古老的长城，古烽火台再也看不到刺破青天的滚滚狼烟，古塞再也听不到思乡哀愁的幽怨笛声，有的是人们的欢歌笑语和山里人独有的潇洒飘逸。我想起了村支部书记的话："石峡村的山场绿化面积已经达到了 95% 以上，仅杏树一种，就有 1 万多亩，村里人的年收入达到了 1 万元，这在过去想都不敢想。2007 年、2008 年石峡连续两年被市农委评为京郊环境建设先进村，被县政府评为延庆绿色村庄。"

抚今追昔，幽静的峡谷给我们提供了无限的遐思和憧憬，我祝愿石峡村的美丽容颜能为更多的人熟悉和欣赏。这儿有足够的理由让更多的人来收获远古风情，收获遐思启迪，收获清纯新奇。当你的目光悄遇娇美的面庞时，自会怦然心动。

试想，石峡意趣盎然的诗化风光，不正是心灵疲惫的现代人所向往的么？

2009 年 7 月 23 日

幽静的龙泉峪

作为土生土长的延庆人，竟然不知道大庄科乡有一个龙泉峪，已经是一件憾事。而作为一个游历爱好者，却不知龙泉峪雄浑粗犷的峡谷如何赏心悦目，震颤洗涤心灵，就恰如在遗憾之上又平添了蒙昧，岂是五味杂陈所能涵括？好在我新近有了一次亲近的机会，原本的遗憾得以被纯净的山水淡化。

在蝉鸣的迎奏声里，我踏进了龙泉峪的腹地，映入眼帘的是立体的峡谷幽深美图，仿佛瞬间迈进了一片自在无忧的清凉地。当我顺着望泉桥缓步挪到沟底的时候，顿觉奇景来袭，且不说谷的两边峭壁峥嵘，单是蔽日的林荫，就足以让人洒然心静。一条溪流就在脚下蜿蜒，不停地弹奏幽美的乐律，气韵缥缈。细看那水，极其清澈，不染半点微尘，小鱼悠游嬉戏，河草鲜嫩婀娜，目力所及，自然给人心头罩上一种清透心扉的淡雅之美。以致引起我的慨叹，心中竟翻起惊异的微澜。

我惊诧延庆如此美景竟不能为世人知晓。我去过张家界，浏览了那儿的山水，觉得龙泉峪的美景有许多与其相似的地方。两者相似的地方越看越像，相左的地方别具风韵、自成一格。张家界的山石大多陡峭孤立，展现的是群体的美。龙泉峪的山石则是刚毅耸立，烘托的是阵容的威仪。不知道是什么时候大自然在这儿泼墨，造就如此的景色，美丽壮阔少有人知。

我惊诧延庆美景如此灵气逼人。眼前的巨石完全自然错落，没有丝毫人为的痕迹，没有人在上面留字抒怀。也正是现今的一字不染，成就了美石的清白身。细细端详那些巨石，都自成象形，如龟，如马，如狮，似奔跑，似嬉戏。溪流来弹击，遇到不同的石头，有时化为轻软锦帛，有时化为飞花溅玉。水聚成潭处，淙淙的涟漪把阳光折射成水底的金线，清透的水不断变换色彩。举目张望，陡峭的崖壁被浓荫幽幽地遮掩。山风掠过，树的轻枝摇动，倒像少女浪漫的舞姿，频频释出清清的芳馨。

我惊诧延庆美景如此涵纳历史。举头望山崖的顶端，似有楼台为绿影依稀掩映。凝神注目，发现长城就修筑在崖顶。因为险峻的缘故，这儿的长城保存得非常完好。城楼、城墙的砖垛仍然如旧。在艳阳的照射下，像悠然飘动的白练，像住脚歇息的轻云，又仿佛一条正在舞动的银色的龙。莫不成龙泉峪的名字由此而来？伫立在沟底倾听松涛阵阵，又会体感到远离红尘的那种豁然和清凉，清风无痕，落叶无声，越是永恒的越令人感慨万千。古人在如此险峻之地修筑长城，需要克服多少困难？该是多么辛劳，又该是多么智慧，他们祈望和平的心又是多么强烈，又有多少心酸？托起长城的崖峰静守着清纯甘洌的溪流，不仅占尽了天地的灵气，同样阅尽了历史的纷繁和苍茫。今睹此景，追忆古人经历的战火和艰辛，感念当世的和谐发展，心底自会对扑面的神奇厚重产生敬仰，迷人的景色不仅悦目，也对历史做了沉重的诠释。

溪流伴我向下游行走，山谷则越来越窄，仿佛两侧耸入云端的巨崖就要聚拢起来。这时再看崖壁，诚如斧削刀劈。有的石崖就像一把竖起的大刀，利刃冲着沟谷。有的石崖壁面极其光滑，中间不知是什么原因竟留下呈几何图形的长条状巨洞，高百米，本是天然却如同开凿而成，让人看得目瞪口呆。其峭然特立、险峻有加之势，又让人感到自己的渺小和人生的短促。巨崖相拱给人一种天欲坠的感觉，因为峡险，成为沟谷的咽喉，真是一关独当，扼万路之天堑，严关百丈，势压万兵。

在一个叫黑龙潭的地方，可供欣赏的景色更为奇特。两侧耸立的石崖到了这儿伸伸脚，沟谷就形成了一个 V 字形，远看宛如漏斗。两块巨石偏偏又挤压在这里，把上游的许多大石挡住。溪流就从中间的大石上冲击而下，发出轰然的声响。我抵达的时候，正巧一队扮成红军模样的青年人从这儿手拉手地慢慢前行，惊呼声不绝于耳。有的"红军战士"在上游宽阔的地方从这块大石蹦到另一块大石上，引来同行者惊叹。但他们到了 V 字形的巨石边，都屏气静心，凝神以对，趔趄着身子去探石上浅浅的脚窝，生怕滑落入潭。潭水碧绿，只是边沿地方清澈见底。越过险地的"红军战士"在下游潭边掬水洗濯，别有一番情趣。

　　待"红军"的"大队人马"走远了，我怅然若失地立着，叹幽幽今古，感历史沧桑，千秋风物还在，岁月何曾回头！这样想着，脑海里忽然有一个怪想法，龙泉峪该不该开发？难道让这片极具"桃花源"之韵的奇景成为永久的处女地？可是一经开发，就会失去这儿保存完好的原始和自然，少了淳朴和厚重。然而，一处美景藏在深山，与世寡闻，总觉得还是太可惜了。

　　人是需要和崇尚率真的，那么大自然呢？上苍赐绝美景致于此，人们的顾念都应化作挚诚的呵护，唯此，才能时时且长久地享受远离喧嚣的这份清寂和美妙。

　　　　　　　　　　　　　　　　　2009 年 8 月 30 日

到此远山的玫瑰

远山有玫瑰，况味也闲愁。

那是几年前的初夏，本是登山览景的，不经意间邂逅了远山的玫瑰，不是一株，而是一片，静谧地长在山谷，惯看月升日落。她们以梯田为家园，山风拂来的时候便优雅地舞蹈，谷壑便因此妍润有加，诚若"断日千层艳，孤霞一片光"，只是知遇者寥寥。一旦有访客走近她们，她们就会把蕴含的万千种娇好尽情地释放，产生迷人而又震撼的力量。此时，在万屏幽谷百草掩映间，唯有她们娇美欲滴，拥簇而婆娑，每一次摆动都闪过粉红的微笑。微风过，她们轻摆绿色旋转的裙，愈发显得娇媚。欣赏她们，她们也越发和悦，仿佛一时间注入了足够的情愫，继而不胜欣喜。她们群动时恰似窃语论评外来新客，风静玉立时又皆似做独立思索状，以神秘和天真诠释天籁。真的应了"北方有佳人，绝世而独立"那句话，倘若"倜傥"们瞧见，定会"一顾倾人城，再顾倾人国"了。只可惜生在高山之下，枉费了"蜂媒蝶使"。

进了花丛，就像触碰到了丽人飘逸的裙，又像接住了丽人的柔臂酥手。忽然想起"花开堪折直须折"的话，于是大胆牵住一朵，凝目细看，红的花瓣恰如鲜亮的唇，再细看，又似红晕粉腮。这样看的时候，一股清香早已沁入鼻孔，情趣顿时胀满六脏五腑。此刻张扬的不仅是生命的光辉，还有生命的芳味，倘若掐断，于心何忍？风儿又来，万千朵花再度随之起舞，经过变换了的婀娜令人着迷，也令人感动。花以自己的笑脸和身姿呼唤着人与自然的痴与醉，期许着来客释放别一种淋漓的表露，可往往得到的是人的吝啬或浪狂，就是读懂了她们的心思，又有几人能够把握得住？倏忽间，几片花瓣簌簌而落，原来"欢花痛感良辰短"，此情此景，则不免让人黯然神伤了。

更多的花儿依然张扬着，有的竟然大胆地扑到胸前，那种娇美立刻让人心生爱恋，于是拿出手机为娇容拍照，让热烈的情感和美妙的瞬间成为路途的永恒。为了选好角度，还要不时变换姿势，使美丽别具韵味，仿佛只有这样，才能让她们的灵动充满优雅。此刻，个中的幻想随着玫瑰的馨香已铺满天地间，微妙就缠绕在"乍见惊相识"中。转念一想，人世间又会有多少人想睡在花丛一梦不醒？真的赏花至此，情趣也会变成浅薄无聊的。惜别之际，万张笑脸依然轻轻颔首，情境虽美，却难说此后谁会把谁忘记。于是毅然离去，全不顾莹露湿衣。

远山的玫瑰，梦境也唏嘘。去岁旧日遗香泽，如今"多情为谁追惜"？囊袖香若在，惹得嗅愁痕。好在手机里有她们的倩影，只需轻轻一按，她们依旧扑面而来，依旧"千娇面，盈盈伫立"，且以层山白云为背景，袒露风情万种，只可惜那是时间的定格。

　　忽一日，友从旧地来，谈起那片梯田里的玫瑰，不胜感慨，言语之中，称赞有加。细细列举了玫瑰的众多好处，无非是玫瑰茶有多少养生效用，如何制作美味之类。口若悬河的表述倒让人心中五味杂陈。顿生疑问，难道美丽就是用来吃的么？或许人们在山间养育她们，并不是为了风景，而是为了用她们来赚钱致富，但她们如何知道？有时候娇媚到了极致，反倒成了花殇。这使人记起那句脍炙人口的词：无情不似多情苦，一寸还成千万缕。友在谈吐间掏出了一个纸包，侃侃言道："这就是从那片梯田掐来的玫瑰花骨朵，已经晒干，喝开水时放入几粒，香着呢！"这倒让人想起了宋人杨万里写的《红玫瑰》一诗："非关月季姓名同，不与蔷薇谱谍通。接叶连枝千万绿，一花两色浅深红。风流各自燕支格，雨露何私造化功。别有国香收不得，诗人熏入水沉中。"盛情难却之下，收下了这"贵重的礼物"。

　　数日后傍晚，偶有闲暇，不经意间又想起了远山的玫瑰，便轻轻打开友送来的玫瑰茶，放入水杯中数粒。不大工夫，原本那些含苞欲放的玫瑰花骨朵在水中渐渐舒展了，飘飘然好像要张开笑脸的样子，但颜色已不鲜活，真不知她们此刻是笑还是哭。或许泪珠儿化作了清水，致使风韵全无？看一眼月影杯水，再抬头看天，忽生怅惘，银蟾无情，却随人到天涯海角，试问远山的玫瑰，还是况味闲愁吗？

2013 年 6 月 5 日

初访双秀峰

刚刚披上绿装的春季快步走着，好像一个转脸，就一步跨入滚滚热浪，让生命瞬间蓬勃起来。可是有一处地方，却能让季节的变换放慢了脚步。那就是大庄科乡的双秀峰。

几场细雨过后，别的地方的山谷都急着描摹青翠，仿佛再不着急，就赶不上季节的班车了一样。可双秀峰不着急，依然在清静里慢条斯理地梳妆。反正青春永在，即使经过了一年的日月盈仄，也不着急的。

可也有耐不住性子的。随着天气变暖，造访双秀峰的人翩然而至。

那是一个午后，我在友人的陪伴下来到了双秀峰前，想与双秀峰做一次心灵的交流。汽车顺着铁炉村的小河缓缓下行，没走多远，就见双秀峰探过头来，好像惊诧羞涩又包含些许期待的样子。汽车沿着一道山坡弯弯曲曲地上行，不到500米，就抵达了一处平缓的山洼，下了车，双秀峰就向客人闪过一个妩媚的笑。赶紧向前走几步，双秀峰的笑脸却忽然隐藏到密林之后，繁密的绿枝好像与双秀峰的笑脸达成了默契，专门撩拨人的情绪。

经过一处较为平坦的坡地，很快就到了通往谷底的小道。路的两边是丛莽的荆棘，其间也有花儿送来暗香，吸一口，立刻沁入心底。小路弯弯曲曲，瘦得不能再瘦。在这样细瘦的山路蠕行，如同走钢丝一般，甚至突发奇想，或许迈出的每一步都会发出一种大山沟谷能够听懂的琴音，似有相约那样告知双秀峰：我来了。于是也就继续设想，隐藏的双秀峰这时应该是在巧梳妆了吧。

小路不是很长，没费什么力气就到了谷底，眼前立刻出现了令人惊异的景象。脚下的一块巨石平展展地斜铺开来，足有一个打谷场那么大，滑溜溜的泛着白光，间或还有水纹反射的条带状光线在巨石上闪动，让巨石也产生了灵性。立刻把目光移到巨石的底部，这才发现一道溪流正在巨石旁逗弄光影，哗哗的水声不啻是友善且又带着挑逗意味的欢笑。溪流从前方那块大石头下面跳出来，蹦跳着，扭摆着，刚看清了它清秀的面庞，一个跌宕又抛出了一点诡谲，接着又一个闪身，竟然钻到另一块大石头的后面去了。它可不轻易溜走，为了留下记忆，凡是经过的地方都留下了大小不一的水坑。这些水坑就好像被一条细线穿着，构成了莹莹的珠串，难不成小溪是双秀峰手握的一条项链？怪不得双秀峰那么俊秀呢，原来从人们发现她到抵近她，她都在袒露万般的柔情。巨石表面是拍照的好地方，不论做什么样的姿势，背景都一样秀美。眼望丰隆的双秀峰，不禁试问：你的幽深的心底，积蓄了什么样的珍奇？你的静谧的阴凉里，可否容仰慕你的人前去小憩？你的温馨的梦榻上，能否让喜欢你的人舒坦地静卧片晌？越是这样思索，越是激起前行的欲望。疲惫在这里也只得退避三舍了。

顺着沟谷上行，渐渐发现双秀峰的高耸挺拔了。刚刚还是修美的身段，这时忽然阳刚起来，似有"刺破青天锷未残"的那种气势。这时的双秀峰把柔情收敛到侠骨内，只留下溪水且歌且舞。

越往上走，沟谷的树林越密集，就是一个转身也需要小心翼翼的，一旦出错就会被树枝挂住衣衫，甚或划破臂膀。常常是这棵树刚刚让过，那棵树又扑面拦住，人只得弯腰蠕行。仰望双秀峰，也要诚惶诚恐地缓抬头，不然就会遭到树枝的警告。好像探秘双秀峰要经过它们允许似的。好在树叶柔嫩，枝条柔软，正在"青春妙龄"，倒也不是过分刚烈，只是遮目的效果让人多少有些遗憾。

慢慢逼近双秀峰了，双秀峰瞬间变成了奇峻奇陡的锥崖，人根本不能攀登。铁青色崖体呈锥形向天空延伸，看得人眼睛都发酸。阳光也被遮去了，沟谷立刻阴森起来。倒是谷底流水弹唱不衰，还可使人的紧张心情有所放松。这时人的感觉就不再是欣赏了，而是一次刻骨铭心的探险！路也越来越难走，艰难地拨开荆棘，迈过一块块石头，腿也酸软了，想坐下来休息，却连一块平整的地方也找不到。因为凡是平缓的地方，不论面积大小都长满了高矮不等的树木和荆棘。

既来之则安之！我想，已经到了这里，费了不少周折，此时岂能功亏一篑？倒不如向前大胆地闯一闯，或可看清双秀峰的真面目。

脚下也是陡峭的山坡，葳蕤灌木掩去了坡面的真实状况，稍有不慎或者一脚蹬空，就会滑下去——不过也不会掉到谷底，因为不定哪棵树或哪株灌木丛就会把人拦住。但就是不会摔伤，划破皮肉也终归不划算，于是只得极其小心地往上走。

终于到了一块开阔的地方，这是仰头观看双秀峰的最佳地。

第一感觉是，挺立的双秀峰像两个刚毅的汉子，挽着臂膀虎视远方，是在眺望莲花峰么？我不能知。再细细去看，又像是两个侠女，望着蓝天白云在梳妆，她们的秀发一甩，轻轻地一掠，于是就有了郁郁葱葱的山林。再定睛端详，双秀峰则像是女人的胴体了。尤其是两座山顶紧挨在一起，中间的那道山体裂缝从上到下一直垂到谷底，给人以巨大的震撼，溪流是不是就从那里流出的呢？问友人，答曰不知。裂缝在山的半腰处最为宽阔，人如果能够前往，好像能从这边穿行到山的那边。再问身边的友人，他说从来没有听说有谁从这儿穿山而过。

高耸的巨峰根本上不去，谁在这里都会留下感慨和叹息。友人见我发呆，便说起了这山的来历。原来双秀峰原名叫石峰山，双秀峰是近几年当地人给起的新名字。传说这里住着两个蛇仙，因为长久修炼，幻化为人形。她们乐善好施，得到了附近人们的供奉，山间曾建有小庙。友人说到这里，竟然还能记起小庙内的一首诗，他凝目间便脱口而出：深山双蛇善良心，千年刻苦幻作人；石峰得道成正果，走马同世普彩云。

　　我怅然了，崇敬了，慨叹每一座秀丽的景地都有美丽的传说相伴，而且多与善行相连，可见亘古以来人们对德善是多么向往。也突然想到，流传千古的白蛇传是不是以这儿的双蛇传说为蓝本呢？友人未语。这时再看双秀峰，发现她们不仅天生俊美，而且更为年轻。就像藏于闺阁的少女，等待更多的喜欢她们的人来亲近。若这里被开发出来，双秀峰或将芳名远播也未可知。

　　离开双秀峰的时候，我不由自主地总要返身相顾，再看看双秀峰的美丽容颜，凝注她们的修美身姿，幻想美丽的蛇仙穿越千年的韵事。清风来送别，泛香的山林仿佛编织了一个新梦要向我诉说。我感知着，期待着，希望她们的美梦成真，就像飘荡在这里的春天的续曲。

　　又回到进山时的那块平坦的地方了，我再一次回首相望，发现一片白云飘在了双秀峰的头顶，仿佛是要掩去她们怦然心动产生的羞赧。我怅然伫立，再一次领略了双秀峰那侠骨、那娴笑、那柔情。

2013 年 12 月 31 日

端午，永远的风景

端午节又如期而至，每逢佳节，人们都不免兴高采烈地庆祝一番。延庆的端午节自冠名变为"文化节"以后，一年比一年生动有趣，内容不断丰富，含义已经远远超过传统的纪念活动。

延庆传统的端午活动文字记述可见于明嘉靖《隆庆志》："端阳，邀亲朋食角黍，饮蒲酒，谓之'解粽'。童男女佩绥带。长幼俱插艾。士民各其类，携酒肴，寻幽胜之处，饮以为乐。已嫁之女，召还过节；未嫁之女，夫家馈以彩币等物。"

旧时，延庆人称端午节为"端阳节""五月节"，民间则称之为"五月当五"。作为延庆重要的传统节日之一，《隆庆志》还称作"酬节"："其酬节也，端阳馈粽。"此后的各代志书，如后来清代康熙年间的《延庆州志书》、乾隆年间的《延庆州志》和民国时期的《延庆县志》均有类似记载。这说明延庆端午节的风俗活动一直在延续。

古人认为五月是个有毒的月份，"五毒"（即蛇、蝎子、蜈蚣、蜘蛛、蟾蜍）等都出来活动，所以要辟毒，祈求幸福安康。民间端午活动日渐丰富，特色美食也纷纷登场。

古人吃粽子叫"解粽"，粽和疚同音。解粽，就是祛病。包粽子，延庆地方志书叫包"角黍"。要用苇叶或竹叶包出四个角，因此叫"角黍"。外形类似三角锥，如何放置都平稳，寓意平安。延庆种"黍子"，粽子里面包的是黍子碾成的黄米，人称"大黄米"。黄色使人想到金黄，想到金钱，预示日子富有。到了二十世纪六十年代，一种"黏谷"被广泛播种食用。"黏谷"碾出来的米因为颗粒小而被称为"小黄米"，吃起来的口感虽然与"大黄米"粽子有区别，尤其是颜色亮度有差别，但黏度不减，而且种"黏谷"比种"黍子"高产，渐渐的，"小黄米"就占了"上风"。粽子里面要放红枣，寓意早有钱日子红火。用"黄米"包成的粽子叫"黄米粽子"，还有用黏高粱米、红小豆、芸豆和大枣包成的粽子，叫"黍米粽子"。随着人们生活水平的提高，现在有不少人家包"江米"粽子，不仅有黏度，而且口感很好，渐成"时尚"。

包粽子不仅仅是为了自家吃，邻里朋友间还相互赠送，以此增加往来，增进感情，表现出延庆人的淳朴厚道。

在旧时，延庆人过端午，还要为幼儿佩戴绶带，为的是祈福增寿。史书记载"童男女佩绶带"。古代，人们追求人丁兴旺，但由于生活和医疗条件比较差，幼儿夭折时有发生。"绶"与"寿"同音，给儿童戴绶带，就是希望孩子健康成长而长命百岁。也有戴"福儿"的，即用各种彩线和布头编制或缝制的小巧的粽子、老虎、公鸡、小鸟等动物，系成一串戴在胸前；或者缝制彩色小口袋，内装谷、黍、麦、麻、豆等五谷，叫"五谷袋"，挂在肩头祈求避邪。

端午节家家门窗挂艾草，也是为了防瘟避灾。这个风俗也比较普遍。

旧时逛水磨是很隆重的。县城西水磨村和永宁镇的上磨村，是人们逛水磨的常去处。沿河"成市"人山人海。打把式卖艺的、闹花会的、说大鼓书的、拉洋片的、吹糖人的、捏面人的、卖玩具的，以及卖樱桃、桑葚、酸梅汤和其他农副产品的，城里的买卖铺面也来设摊点，甚至北京、天津、河北等地的商家也运来货物销售，形成了端午盛会。趁这个时候，说媒的也没闲着，带着姑娘和小伙子暗地里相亲，成就了一对对姻缘。据史书载，延庆的端午节"已嫁之女招还过节，未嫁之女夫家馈以彩币等物"。女儿们很高兴，所以也有人把端午节叫成"女儿节"。

改革开放后，端午节内容不断更新。2006 年，延庆开始举办端午文化节，内容有水上舞台戏剧歌舞演出、花会表演、龙舟比赛、包粽子比赛、风筝表演等项目。2007 年，延庆端午文化节开展了非物质文化遗产项目展示、花会展演、文艺戏曲演出等。"逛"节的群众达到 8 万人，来自中央和地方的 53 家媒体对此进行了报道。2008 年的端午节，延庆的乡镇民俗特色展示等 18 项活动接待国内外游人 23.7 万人次。2009 年，延庆端午文化节升格为北京首届端午文化节，来自 4 大洲 9 个国家的 150 余名演员在文化节上演出。2014 年，100 余项市级以上非遗项目在延庆聚齐。2016 年，北京市第三届"非遗大观园”端午游园会举办，来自北京、天津、台湾、湖北、湖南、江苏、河北、河南等“八省十地”的代表带来的水注入妫河，祈愿和平。

时光是多情的，也是急促的。如今第九届北京端午文化节带着祝福和祈愿又向我们走来。今岁的端午节把传统元素与世园、冬奥、长城文化融合在一起，创意十足，尤其是海峡两岸、京津冀、中国端午节联合申遗地、南水北调对口协作地等文化元素的融入，让人聆听到了时代的脚步。

端午节，一个极具神韵与和谐的节日，就是这样年复一年地滋润我们的生活、我们的岁月。在传承历史的同时，契合着时代，在我们的精神家园展开一幅精美的画图，充满生机，充满活力。

2017 年 5 月 22 日

采摘小记

霜降将至，到果园采摘成了一些人的喜好，以此亲近大自然，思考过往时光里的种种，或作为释怀情绪之旅，给心灵找一块放飞的"牧场"。

霜降前一天，区老干部局组织的"不忘初心，牢记使命"实践活动，内容就是采摘苹果，目的地是白羊峪雄旺果品基地。出发前已经听说，那里有600余亩国光苹果急需收获，显然这次采摘是公益性质的。

那天天气极好，我的兴致也极高。车行环山路，两侧的枫树、火炬树、黄栌、把老榆树缠绕起来的爬墙虎以及成片的杏树把深浅各异的红描摹在沟壑，路基下翠绿的松林夹杂一些白杨的黄色，但凡可以看到的，都是烂烂漫漫的。此刻张望起伏的山峦、清透的蓝天、悠闲的白云，视线所及堪称一幅绝美的重彩油画，给人以热烈、欢快、奔腾的感觉。

雄旺果品基地盛产白羊玉苹果，以优质国光苹果闻名于世。同行的朋友告诉我，白羊玉苹果得益于这里的气候，甜度大，味微酸，口感脆。高价时，一级果卖到每斤15元。就是这样的高价，有时还供不应求。

　　我知道这是赞誉之词，到底怎么样，眼见为实。哪承想刚走到地头，我的心就被震颤了：成排的果树没有一棵不是硕果累累，并且每个苹果都布满红晕，恰似无数的温婉秀女在静静等候，"她们"为了这份等待，已把丽而不媚演绎到了极致。"她们"笑着，显露出的灵秀是清纯的、怡然的，似在等待久违的故人，巴不得走下枝头，叙说绵绵的思念。我紧走几步接近"她们"，仿佛本来的宁馨突然间变得欢闹起来，更有风儿轻拂，让眼前的一切都在瞬间生动起来。

　　采摘的"队伍"约有百余人，但在偌大的果林里仍是微不足道。看到羞得绯红的"她们"，即便是"秀色可餐"，许多人还是下不了手。果林的管理者来了，他高声向采摘者讲述动作要领：轻轻托，轻轻摘，轻轻放，切不可用力把苹果拽下来，那样做会拽下树枝树叶，等于把来年的"苹果"也摘下来了，人为地造成第二年成了挂果的"小年"。他还说，凡是掉到地上的果子，就不要放入篮子里，因为哪怕是轻轻落地的，也会造成"创伤"，这样的苹果是难以储存的。就在他说话的当儿，我下意识地寻找装苹果的篮子，发现每个篮子都有一块一米见方的毯子搭在上面，于是很奇怪。管理者或许发现了我的"疑问"，便接着说，那块毯子是衬底的，超出底部的贴在篮子四周，为的是防止苹果磕碰。真想不到，看似一个平平常常的采摘，也有这么多讲究。

　　我开始选择心仪的苹果，可满树的苹果几乎各个都惹人喜爱，挂满枝头的果子好像都在急切表达"快带我走吧"的意思，我还真的一时挑花了眼，在娟丽面前不知"如何是好"了。愣怔片刻，最终选择了一个离我最近的"下手"，因为这个苹果已经蹭到了我的胸前。摘下这个苹果后，胆子忽然大了，只要是看上眼的，统统成了篮子的"囊中物"。有几个躲在树叶后面的苹果，也十分硕大迷人，我便伸长了胳膊去掏，其中一个苹果真的很俏皮，竟然没让我够得到，本想放弃，却不能舍，心说：一个苹果，只要不是孙悟空变的，一定把你拿下。那苹果还真的不禁碰，刚被托住，还没有抓牢，竟然滑落在地，让我心里一阵可惜，仿佛欠了"她"什么似的。再后来，我摘取每一个苹果，都更加小心，实在不愿"笑脸"因为我的原因变成"低泣"。

　　采摘虽然让人快乐，可也感到劳累，我的身后已经摆了数十个装满苹果的篮子，当然也有他人采摘的。瞟一眼躺在篮子里的可爱的苹果，我微笑着，苹果的面庞仿佛更红了。

　　几辆农用车开进了果园，我最后看了一眼装了箱的苹果，想到"她们"一年一度舍身带给人甜美，真的希望更多人记住"她们"美丽的笑靥、美丽的心跳、美丽的风韵。

　　一次体验，一次劳动，我和我的老年朋友们收获了笑脸，也收获了澄明的秋景、硕美的苹果。

2019 年 10 月 22 日

亭亭玉立的延庆

感谢周敦颐的《爱莲说》，让我知道了莲花"亭亭净植"，继而了解了"亭亭玉立"这个词。明张岱的《公祭祁夫人文》也写道："一女英迈出群，亭亭玉立。"这个词用在今天的延庆，实在是再贴切不过了。

想到这个词，是因为看了友人发在朋友圈里的一张照片：纯美的荷花在夏都公园水面悄然绽放，连成片的鲜绿裙托起一张张笑脸。一见这张照片，一种缠绕人心、陶冶情操的美感立刻袭到了心底，于是便萌生了再睹芳容的念头。

我是伴着温煦的晨光走进夏都公园的，这时公园里人比较少，空气也格外清新。近处，黛色的树影洇染了水面；稍远处，金色的阳光照射在鳞次栉比的城市建筑上。湖水如镜，凉爽的风在美景中惬意地游荡，也轻拂着人们的脸。而在湖边居住的荷花则尽情地展现高雅，一面清幽高纯又一面蓬蓬勃勃地闯进眼帘。此时，任何难掩的惆怅都会在顷刻间得到释怀。对于出水芙蓉的荷花，我并不陌生，曾经，我也为她们痴迷，为她们疯狂，甚至醉倒于她们的优雅中无法自拔；

曾经，追寻着她们的点点滴滴，只为与心中的圣洁遥遥相望；那份美丽便成了期待，成了珍藏与留念。每每回味起来，甜蜜伴随着苦涩，欣喜伴随着怅惘，总是别有一番滋味在心头。

圣洁的荷花，花中的女神！古往今来，无数人无数次地赞美，无数人用无数种方式给予她敬意。今天的荷花，仿佛不知疲倦，在秋阳里放肆地绽放，面对世俗的眼光，昭示清丽脱俗的含义。这种美丽，如魅影般吸引人的灵魂，让双眼追随着她轻舞的裙、姣好的容颜，让心神的堤防在瞬间化为粉碎。是她们，让人知道了什么是灵动的气韵，什么是雍容的姿态，什么是高贵的举止，什么是迷人的风度，也让人看清楚了人世间纷纷扰扰的真谛。她们的淡淡一笑，轻轻一颦，便能牵动人的心绪。

走上公园的曲桥，便可来到东侧的树林，这是个浓荫蔽日的地方。各种树木高低错落百态千姿，树权如臂，施礼迎宾，真是妙不可言。树下则是绿草茵茵、鲜花绽放，各种花丛被园艺巧匠们修剪成大大小小的"部落"，馨香溢人，尽显妩媚。小桥浅渠被圆圆的石块点缀，好似缀上去的一颗颗珍珠。绿草里的小虫在晨曦里鸣唧。晨练的人舒展筋骨，伴着乐曲，怡然的美态带着满满的安逸和幸福。做团体操的女人们穿着整齐亮丽，她们巧笑倩兮，丽影婆娑，一招一式似乎都让你的心产生悸动，不需目睹芳容，也会领略到美好与清醇。

从公园里的曹雪芹雕塑面前穿过时，忽然又想起了荷花。记得《红楼梦》里有"池塘一夜秋风冷，吹散芰荷红玉影"

的诗句，便疑惑北侧湖面上的荷花该不会有这般景象吧。

站在石桥上，我扫视着整片荷花群，叶子碧绿，虽然有个别的花朵完成了绽放的使命，但鲜亮的花依然比比皆是。凝望她们，便回忆起了记忆里的美丽时光，似乎总有一份永远难以割舍的珍藏如影相随。

荷花，没有张扬的美丽，却用她的圣洁魅力征服了历代人。解读她，我们明白了超然的真谛。一个豁达的人，会一面追求幸福一面不断地濯洗心灵，就像荷花那样盛开而又怡然，以别样的美态陶冶人的性情，用心灵的美丽来唤醒人的内心。

顺着荷花盛开的方向，可以看到隐在绿烟中的大楼，它们仿佛低下了身子来嗅吸荷的芬芳，感受荷的灵气，领略荷的坦诚。在朝晖徜徉的"芙蓉国"里，处处一尘不染，充满蜜意柔情！

感谢建设者为我们提供了这么美的荷花，这么好的环境。就在前几天，微信圈的朋友透露了世园会周边绿化工程，说延庆正在描绘"中和之美""气韵之神""意境之雅"的流动景观花卷，要在世界各国园艺精品展出场地之侧，把延庆山水田园城市推介给世人，用"大气""大美""大雅"的特色来诠释园艺新境界。记得诗人泰戈尔有这样一句话："花的事业是甜蜜的，果的事业是珍贵的，但让我们干叶的事业吧，因为叶总是谦逊地垂着她的绿荫。"应该说，延庆的"亭亭玉立"与无数默默奉献的建设者密切相关。

返回的路上，我的心依然难以平静，是周敦颐的《爱莲说》广泛传播了莲花的亭亭高雅，荷花蕴含的"品质"亦为世人所敬爱喜欢。而今天的延庆，恰用"亭亭玉立"的姿容迎接宾客，迎接未来，这难道也是"历史的巧合"？

2018 年 9 月 9 日

世园礼赞

走进北京世博园区，亲近梦幻般的美丽，那种激动、感慨和灵感几乎是刹那间随着步履袅袅升腾，并且一面走一面化作了浪涛，在心胸涌动。这时，太多的色泽、太多的柔情、太多的灿烂、太多的芬芳亦如潮水一样扑面而来，让人猝不及防。

其实，我期望这样的亲近已经很久了。尤其是心里藏着一份牵念，所以急于造访的心情或与别人略有不同。2012年底，受县史志办举荐，我参加了北京世园会最初的主题阐述。阐释的4个备选方案中排在第一位的是"绿色梦想，美丽家园"，后来改为"绿色生活，美丽家园"。这个方案提出的理念是"园艺融入自然，自然感动心灵"，后来加了两个"让"字，理念就显得活泼了，有了"动感"。那次历历在目的"参与"，尽管没有"坚持"到最后，在我自己看来，仍然可以视为一次荣耀。

世博园的礼乐门宽阔而雄伟，叠式造型彰显大气，依次排列的5个通道，宽达一百余米，把神圣、庄严、灵动和活泼极其巧妙地融合在一起，可谓匠心独运。进了大门，但见眼前横亘着一道翠岭，虽然不是很高，但葱郁绵延，透着无限生机。走得近了，才看见有通道，竟是一片坦途来迎。两侧有石崖层层叠叠，"洗尘""接风"的绿色崖刻让人在惊讶之余感到无比温馨。再往里走，"入胜"两个大字宛若入时的俏丽仙子，轻拂长袖，款款地指向远处的中国馆。这时抬眼望去，又见道路两旁高耸地造型别致的"路灯"。路灯共34盏，虽不是整齐排列，但挺拔的气势足可夺人。灯柱的四个棱角若树一般从底部一直向上拔起，顶端托着一个方形的"奇葩"，似莲似云又似树的枝蔓，恬然地去承接无尽的甘露。

远望中国馆，一个巨大的"如意"映入眼帘，开阔的场地布满锦绣吉祥。与四时结缘的耕牛带着中国的二十四节气在馆前广场诠释着农耕文化。哪怕是片刻的停留，也让人浮想联翩。中国馆采用了弧形墙、拱形梁建筑结构，造型与"梯田"巧妙相接，开放与吉祥尽显，让人感到中华文明的古老与博大精深，明白人总是在自然中跋涉的，人与自然的和谐没有终点，只有起点。

路面的铺石和绿地的围栏都经过精心的打磨镌刻，图案是灵动的花草，繁多而不枯燥，每一片草叶、每一个花朵都堪称是精美的艺术品，深蕴着春的气息。一处道路平铺了梅花的浮雕，"墙角数枝梅，凌寒独自开"，或可暗示一种襟怀和风骨吧。"梅花香自苦寒来"激励了多少代中华儿女？我们走过的所有艰辛，不也正应和了"待到山花烂漫时，她在丛中笑"吗？

　　与中国馆正面相望的是万花台。从三层高台的底部环绕而上，但见廊台外侧墙壁都是浮雕式的各种各样的花，立体的、活脱的、鲜亮的，足以以假乱真。其中，最大的花朵直径有一米六七！这还不说，这些花朵通体都是瓷质，是在景德镇烧制后专运北京的。伫立望花，又何止"云想衣裳花想容"！每一层墙的上半部分是汉白玉栏杆，栏杆与栏杆之间也是雕花，每一簇雕花都配有古诗，真的是洁白细腻，诗意满满。万花台的东部是一个偌大的平台，刻着"绿水青山就是金山银山"大字的巨石傲立平台正中，似与巍巍海陀山低语。万花台边的祥云桥，造型别致，古铜色桥体祥云密布，脚下雕刻的是祥云，栏杆上的图案也是祥云，间有莲花瓣点缀其上，置身于此，真个就是凡人亦仙了。更让人惊叹的是，祥云桥的一面坡生长着万株牡丹，世园会开幕之际，恰逢"花开时节动京城"的时间节点。国色天香之妙移至于此，在被历史的星空洗濯后，牡丹被渲染得更加奔放而热烈。

　　中国馆旁边的国际馆，由94把银色"花伞"组成。虽然建筑形象淡化了，地域边界模糊了。仍不失为世界民族风情的大聚会、大绽放。各国园艺风格如花神飘落在园区，传递的是多元文化融合及其纵情绽放之美。这让人联想到世园会走过的历程。在北京世园会筹备的时候，世园会已经举办了20多次，而且多在欧美、日本等发达国家举办。中国仅举办了一次昆明世园会。我忽然想到，也许注定了我要与世园有个约会，为了这个约会，我也曾幻想，"她"是什么样子？"她"的骄人之处可以"力压群芳"吗？待到走进世园，即可大胆地说，北京世园会和北京奥运会一样"无以伦比"！从总体布局到精心设计，再到"一心、两轴、三带、多片区"盛宴的和盘托出，都体现了人与自然和谐发展的智慧，因了这个缘故，无论走到哪里，都有曲折而富有变化的风景，每一次的张望乃至侧视和回头，都会面对锦簇花团的微笑。漫步在世博园的春天，感受温暖的阳光，我们的决心、品格、勇气和尊严，正与蓬勃的绿色一起动情地生长。

环绕国际馆的是中华园区，31个省市不同风格的园艺建筑依次排开。北京园集南方庭院园林与宫廷花园艺术于一体，四合院前一座影壁，中间镶嵌着莲花游鱼图，极其逼真。传说努尔哈赤曾被老农相救，故敬老农为天，于是所有满族人家的门前都要砌一座影壁作为祭天的神位，北京王府和四合院就都建有影壁。四合院周边花园围绕，从一个"小院落"可以看到"大北京"，"好客之家"跃然于眼前。浙江园和江苏园精巧素雅，玲珑多姿，"可赏，可游，可居"的特色明显。福建园包含了沿海人民的祈愿，高挑的流线翘角和马鞍墙峰饰以飞鸟走兽、花鸟鱼虫，风韵独特。四川园里的熊猫成为主打吉祥物，天然巨石熊猫夺人眼球，大自然造化岂止是"鬼斧神工"！新疆园里的骆驼在矮棚前小憩，胡杨真木浓缩了新疆风物，流淌着浓浓的乡情。山东园透露的人文气息庄重而浓烈，意韵悠长。安徽园把徽派建筑风格浓缩成了精品，让人流连忘返。云南园一面展示茶马古道，一面把阿诗玛请来，显示了别样的清纯魅力。甘肃园以敦煌艺术为核心，"反弹琵琶"的鎏金女像高耸院前，让人联想到古道兴衰，万古烟云，古丝绸之路流淌过又湮没了多少故事？"一带一路"又将带来什么样的商机，串联起多少真挚的友谊？张望西藏的雪山和带有藏地气息的建筑，好像门口就站着一列藏族同胞，笑容可掬地为造访者敬献哈达。贵州园集原始的溶洞、湖泊、森林、高山、峡谷、瀑布等自然风光为一体，织成了一幅生态秀美的山水画卷，多彩黔韵尽收眼底。湖南园立着张家界武陵石假山，旁边有武陵松、红继木桩，园内山石藤萝密布，一片森然。穿过假山，豁然开朗，活脱脱的"桃源寻梦"在这里再现……还有其他各省市的园林，都堪称地域风情的诗笺、艺术的精品。

在中华园区，还有一个地方是特别应该关注的，那就是奇石园。来自 34 个省市的 34 块巨大奇石被辛苦运到这里，排演了中华奇石的一次大相聚、大联欢。横纹石和竖纹石都在叙说宇宙洪荒、岁月变迁，泰山石不仅诠释漫长的地质演变，还蕴含着人文典故和诗篇。石阵中的精灵应该是牡丹石、寿山石、秀玉和墨玉石，因为与世园会极其相配，所以路过的人们总要多看几眼。牡丹石以青黑色为底，白色的花朵均匀地分布在石中，无论从哪个方面切割或敲碎，石中的花都均匀如旧、栩栩如生。它和湖南菊花石一样，被人赞为"会唱歌的石头"。大自然的神奇让人惊叹，自然景观与人文景观的巧妙配合，让中华丰富的历史内涵增加了厚重的人文底蕴。石阵不仅是大自然的精灵，还展示了精美艺术，中央的圆形平面雕刻由二十四节气和各地不误农时的场景组成，每一个人物都经过了悉心揣摩打造，表情逼真，说栩栩如生还仍感不及。匠人们的工艺发展到这样的程度，堪称一绝。

北京世园会核心区的永宁阁，今已被人誉称"永宁瞻盛"。其名源于《尚书·吕刑》："一人有庆，兆民赖之，其宁为永。"永宁阁的名字寓意着政通人和、国泰民安。不知为什么，我这时忽然联想到中国的古代楼阁，常用来纪念大事，而且多建在临水之地，有凭高远眺、极目无穷之妙。古人登楼酬唱应和，抒发情怀，名词佳句不可胜数。倘若有人在此也留下名篇佳作供后人永久传唱，岂不妙哉？据闻，为了建造永宁阁，近300位古建筑师贡献了自己的智慧和力量。洒下汗水的建筑工人也难以计数。

登上天田山，凝视永宁阁，瞩目园区锦绣繁华，再北瞻海陀群山巍巍，西望官厅碧水森森，东顾军都峦峰绵绵，南眺长城迤逦悠悠，千年历史浮现脑际，万千气象奔来眼底。此刻，世园"芳容"的无穷之妙鼓荡于胸襟，扑面而来的万种风情萦心触怀。阁内高高悬挂一幅《富山春居图》，寓意之重之深之浓，引发人无限联想。处"高阁临妫水，平湖映天田"之佳境，深深祈愿中华永远康宁，愿盛世盛景万古流长。

永宁阁东侧的妫汭剧场似一只大蝴蝶展开近百米艳丽的双翅，悄然地憩息在浓蔽的树荫下，不远处的绿水在它的翅膀上漾着水影，恬美之下合奏的是天籁之音。世园会期间，25000场次的表演，是世界文化也是中华文化的盛宴，钧天广乐奏于此，大音悠长。

永宁阁的右前侧有植物馆，从踏进去那一刻起，就会感到被逼人的清妍所包围，高大的、娇小的、冷峻的、热烈的、潇洒的，千姿百态，令人心生爱恋。来自世界各地的珍稀植物齐聚于此，接近它们，呼吸着幽香、温和而清丽的气息，就是抱着平静而自然的心态前来，此时也经不住"狂轰滥炸"，自会对馆内展陈的景色赞叹不已。一千多种、两万多株各类植物在这里诠释它们的"智慧"，悄悄地唱响"绿色之韵"，特别是那棵高 19.5 米的大树傲视"群雄"，尽显壮美。

植物馆的外面，有"小萌花""小萌芽"迎送宾客，它们以娇美可爱的形象站在花山之巅，气魄、姿容、情趣都是无可挑剔。热爱生活的姿态、热情好客的笑容给人留下的是无限的美好。脚下的花山经甘露洒过，越发灵性，密集的花瓣向人们挥手，簇簇扬起的花蕊向人们顾盼，悦耳的鸟鸣随风而来，人和自然共同织就的最美画图张挂于眼前，这不就是绿色生活的华美乐章么？

依依惜别时我伫立凝望，让所有的浮想全部化作了祝福。情不自禁的我，打开了手机里拍下的所有世园会照片，其中一张红色为基调的大花篮率先跳入眼帘。这是我在企业园那儿拍的，为了选好一个角度，我围着花篮几乎绕了 3 圈，终于拍到了花篮完美的姿容。篮子里的花魅力四射，正面"祝福祖国"的金色大字光灿耀眼。于是忽然觉得，世园会是美丽、恬然的家园，是天地间清新、唯美的诗篇，也是人与自然完美沟通的欢聚场。而这一切，都离不开伟大祖国的崛起。祝福祖国，愿我的祖国永远让人心醉！

2019 年 4 月 11 日

妫汭之梦

曾几何时，妫汭带着一个梦来到了延庆。

那条充满韵律的河流搂着辽阔的山川，在长城之侧歇了歇脚儿，种下了亘古的深情。如今它已经滋润出密林青翠、万花芬芳。

一只大蝴蝶飞过来，吻着镜湖的额际，或是眷恋花丛的静谧，又希望欢愉永存于山水，便在甜笑之余静卧下来，尽情地施展身体，化成了无比硕大的妫汭之蝶，在流光的彩翅之下酝酿美好的意象。

2019 年北京世园会妫汭剧场，就是妫汭之蝶栖梦所在。世园会期间的 2500 场演出，场场演出都是蝶影下的梦回，都是绿色生活的喧唱。

月华初现，巨大的透明网幕从空而降——这是应了蝶梦而采用的大型园林光影艺术。可以移动的 1900 平方米的网幕与湖光山色融为一体，"绿色生活，美丽家园"的主题蕴含其中，伴着永宁阁的"清灵剔透"和中国馆的端庄秀丽，网幕不断变换画面。置身于此，完全被梦幻新奇所包围。

顷刻间，无数的光芒连成一片，夜色里传来动人的音乐，灵秀祥和伴着夜风穿梭于林间和花海，一齐入目，一齐入耳，淌在心里。唯美的景致让期待紧绷在心头，热盼文化盛宴拉开帷幕。一声"号令"，数百个可爱的儿童翩然而至，如同出水的明珠、倾吐露珠的蓓蕾，让人感到生命的力量不仅穿透时空，也穿透自己，一切都是充满活力的。他们姿势整齐划一，笑靥纯真，若幼苗恬然茁长。稚子刚悄然退场，又见数十个清丽如水的少女出现在眼前，俏如仙子。舞台是升降的、多层多形的，目光才刚停留，另一处场景又早已变换，让人目不暇接。网幕忽然绽放出万种花，光影流洒在群舞的丽人身上，婀娜的身段、灿灿的光晕、清纯的芳馨、善睐的明眸交错着浪漫和洒脱，真个需要慨叹"此景只应天上有"！舞台上的几十个升降灯柱"繁忙"旋转着，不时现出娇媚的花枝花朵，最可叹的是牡丹和莲花，一个热烈一个清雅，恰如人生的不同追求、不同境界，但灵性总是相同的。有丽人开始弹奏一曲古筝，意象悠远。侧耳倾听，叮叮咚咚，又若飘荡着的风铃、涟涟的雨珠和翻滚的云海烟波。有道是千古变换、沧海桑田，唯有人与自然的和谐之情亘古如是。

网幕上现出了一轮皎月，映在湖水之上，忽然想起杜甫的"月是故乡明"和苏轼的"千里共婵娟"，顿感月儿是沁凉的，仿佛流淌到人间的不光是清辉，还有思古幽情。当人正陶醉于柔柔月华之时，音乐骤起，来自不同国家的演员朋友轮番上场，以带有地域风情的电子画面为背景，纵情地演示他们的园艺文化，把夜的交响曲推到了高潮。紧接着，网幕上一群大雁从远山白云间飞过，引来百鸟自由翱翔，每一声鸣叫都充满了吉祥。山间白云缭绕，溪水欢笑，恍若身处仙境。一队男士系着柔曼的长纱，另一队秀女身着蝴蝶花翅大裙，翩然穿梭，芳香流淌其间，盈盈的动作之美似在演绎梁山伯与祝英台委婉细腻的故事，是"无情何必生斯世，有情终须累此生"的形象注释吗？花间"突降"无数彩蝶，眼前立刻变成了一个花蝶世界，大的小的各式各样的蝴蝶，在花的世界营造出醉人氛围。"蝶恋花"是自然的选择，是精神心智融入家园的完美再现。因为有了"蝶恋花"，才尽显妫汭之梦是绿色的，是淡雅和充满灵气的。看到彩蝶在绿野苍穹簇拥而过，观众席不时发出惊叹。正当人们为彩蝶纷飞叫绝时，前方忽然出现了水的"高山"，无数的水柱冲向蓝天，好像泼墨山水画一般，粗细高低都有讲究，最终构成了山高耸、山绵延的奇景，其神奇绝妙自不待言。演出的尾声更是绚烂神妙，随着礼花绽放，满天五彩缤纷。礼花瞬间绽放，瞬间争奇斗艳，瞬间散落消失。花朵绽放时美妙绝伦，可见花蕊簇生。彩瀑"轰泄"时星子飞溅，转瞬间横的竖的斜的焰火交互穿插，千姿百态，万种风韵。更让人称奇的是礼花在高空绽放"2019""北京"大字，闪光夺目，足见礼花制造技艺已经达到空前高度。这一刻，目力所及之处，火树银花配以焰火"喷泉"，构成了花的海洋。

妫汭之梦是美丽的，这不仅仅是在世园会的剧场，更在每一个华夏儿女的心中。为了民族崛起，为了找回曾经失去的梦，多少人不懈奋斗？正如妫汭之梦一样，今天，我们和着天籁奏出了新时代的序曲。

2019 年 4 月 29 日

道不尽的世园神韵

来到北京世园，欣赏一幅美妙绝伦的实景山水画，感受万千幅风光特写，细细品味带有时代张力的神韵，是一件很惬意的事情。

在园区内行走，驻足，远望，甚或是小憩，视觉的冲击让造访者每一刻都在接受大自然甜美的洗礼，蜂拥而至的人们所发出的由衷赞美，尽显对美好事物的爱恋。尽管人们所感悟的角度、深度千差万别，但美景对于心灵的感染是相同的，印在脑海里的震撼是长久的。而这一切，都来自北京世园会流淌的神韵。

神韵是文明之花滋养出来的。世园会的神韵集中体现在人与自然的和谐上。世园会的神韵在于园艺与生活的奇妙结合，在于园艺的高质量和园艺理念的完美结合，在于参展的各个国家和地区乃至国内各省市文化的张扬。在这里，不同文化有机地交融，每一个人都可以找到自己最心爱最关注最垂青的那部分。毫不夸张地说，园区每一处建筑、每一个摆设、每一株花簇、每一件特色产品都经过了"精心雕琢"，都充满了高超的艺术。惊诧之余，园艺传达出的是千差万别的内在情思、内在风采。所有的花团锦簇都在告诉人们，世园会就是美的绽放、奇观的集合、生活的浓缩、艺术的天堂，是人类文明的精彩集合，它所流淌的神韵是人对美好生活的向往和永无止境的追求。

中国馆里的春天是鲜艳热烈的。30多个省市展区释放的是一水的色彩斑斓，如同一本本书，把华夏各地的园艺历史文化、园艺产业发展、园艺科技创新以及生态文明建设娓娓道来。在这里拍照留念的比比皆是。吉林园进口处斜置的一块厚冰悬挂着长短不一的冰柱，还有水滴轻落。冰盖的上面则是微缩的山川，绿草和鲜花点缀其间，一条唱着歌谣的"小河"蜿蜒在"沟谷"，徜徉在草地的鹿群和做远啸姿态的东北虎和谐共生，让人体味到春天的美好，体味到大自然的美丽音符。我忽然想到：品味世园神韵，是欣赏美、陶醉美、创造美、放飞情感的过程，应该从多个文化角度感受精神自由和生命情调。品味神韵，就是欣赏不一样的生命存在，欣赏不一样的生命风姿。当然，品味神韵，也可以内照自己的生命风姿，提高自己的素养。

黑龙江的展陈别具特色，不仅有鲜花绽放，还有几乎与人同高的灵芝，庞大的"身躯"和密集的"年轮"给人意态奇远之感，仿佛它已经不是"灵丹妙药"，它诉说的是云峰千仞、松涛万里，如果在这里探讨其价值，那就有点浅薄之嫌了。西藏的展陈少了花团锦簇，却多了苍穹和雪峰，牦牛、羚羊恬静地生活在草甸和湖泊边，就连绿草苔藓都在洁净观者的情感。插花艺术区围绕"识花""赏花""品花"三部分，尽显中国传统插花艺术魅力。毋庸置疑的是，"识花""赏花""品花"的过程，就是用心灵阅读自然。花木的神韵、技艺的神韵在细细的品鉴中，如缕缕清香弥散开来。

中国馆地下展区有十二景，是不是有契合《红楼梦》金陵十二钗的意思，不得而知。但其中"春江风和"篇以《富春山居图》为题，结合光影艺术，把《富春山居图》的水墨意境巧妙地用通电玻璃可变透明的科技特性揭示出来，让人称奇。画的神韵已经不在"纸"上，而是由具有科技手段的植物艺术和光影传达出来。其"精微谨细，有过往哲"，给人很现代、很优雅的感觉。

在馆内流连之际，我还看到了一株树抱石盆景，这是人工养成，但在南方，树抱石也很常见，到厦门旅游时我就看到过，还为那棵树拍了照。我曾试想，假如曹雪芹见到此景，他的"木石情缘"又该如何落笔呢？但不可否认的是，无论树抱石还是石抱树，都极具神韵。如此推演开去便可知，无论是山水、花木、奇峰、雨雪，乃至一草一石皆有神韵，我们所看到的，不管它是生命体还是无生命的东西，只要赋予了人的情感，透视其内在的存在意义，生命活力之美就会给欣赏者留下无尽的遐思。

植物馆的设计理念是"升起的地平"，建筑表面机理以植物根系为灵感，策展主题是"植物——不可思议的智慧"。走进场馆，迎面的巨大荧屏即告知人们该用全新的视角，思考人类文明与地球生态如何共赢的问题。馆内的各类植物都是世间珍稀物种，为了生存，它们都在与环境"抗争"，在适应和改造中寻找到自己的生存空间。最让人叫绝的是长颈鹿"莫莉和她的一家人"，她们高高地站在屋顶，老远就能看到。据说，长颈鹿装置高达 10 米，来自遥远的非洲。起初，她们还不是现在的模样，经过工作人员精心打磨后，长途跋涉来到中国，才成了现在可爱的样子。这让人想起了"文明碰撞"这个沉重的话题，那些曾经的殖民主义者总是把自己打扮成人类文明的佼佼者，并且不断制造"文明冲突"，全然不顾各类文明的和谐共存。文明没有国界也没有高低优劣之分，只有包容互鉴。而文明的互鉴是需要自然而然、从从容容来表现的。从这个意义上说，每个游园的人、每个热心服务的工作者也就成了风景，成了文明的使者。

应该特别提到的，是世园会的所有建筑都有可以深入探究的神韵。哪怕是远远看到她的绰约身姿，也能立刻想到她的容颜，31 个省市的展园无不如此。如果走进园内，带有地域特征的气息就会"轰然"而来。驻足端详精心雕琢的建筑内景或细部，又有身临梦幻天地的感觉，苍莽豪壮的、旖旎灵秀的、巍峨典雅的，不同格局不同风韵的建筑都承载着千年历史，有的园内还雾气缭绕、烟雨迷蒙，蕴含了几多智慧！漫步其中，品味神韵，思绪也变得无拘无束了。

国际园艺区的建筑有不少也是带着本国建筑特征"落地生根"的，比如韩国园、日本园、泰国园、印度园、缅甸园、柬埔寨园、巴基斯坦园、阿富汗园、土耳其园等等，都带着本国"特征"，显示了独特神韵。国际展览局园的建园理念则源于欧洲宗教建筑形制，十字空间严格对称，"凡尔赛宫"式主题园林景观堪称经典。有的展园很现代，但园内的布局却是满满的地域文化，英国园、法国园、德国园、俄罗斯园、比利时园、阿塞拜疆园、中非园等等，这样的构思很巧妙。卡塔尔园的几棵"大树"支撑着环形建筑，犹如巢穴一层接着一层旋转上去，每一层都有花园，别具韵味。那些从窗口曲廊伸展出来的繁茂枝叶，不就是绿色的曲谱音符吗？

万物有灵，生命情韵就是神韵。不仅活脱脱的生命有神韵，依托生命体创造的产品也有神韵。拱形的竹藤园是个不可不去的地方。馆门虽然不大，可进了场馆便豁然开朗。内藏的所有物品全是竹子制品，不仅为人们日常所用，还陶冶人的精神。来自马达加斯加的竹轧筝和肯尼亚的竹排箫引起了我的注意，它们外形美观又精巧，可以想见，当地人民用以演奏时，那是什么样的情怀，人和乐器的融合又产生什么样的神韵。旁边的"竹影观音"摆件更是让人叫绝，它由极其细腻的竹丝编成，乍看如白纸，仔细看才发现是竹制，丝比头发细，端看良久，才见竹丝画面隐藏着自在观音，慈眉善目，端庄祥和，尽管不着一色，却连衣服的褶皱都隐约可见，尽显灵秀。编织技艺达到如此高度，说"绝妙无比""妙不可言"都仍嫌意犹未尽。

永宁阁是我每次到世园必去的地方。在我的印象里，但凡是有古建筑的地方，总是保留着一份风情，虽然永宁阁属于新建，但它装束古朴，仍可以带人走入梦中。永宁阁的辽金风格就如同是厚重历史的序言，同时也是"不断创造出跨越时空、富有永恒魅力的文明成果"的昭示。这时，近看妫水远望海陀，忽然觉得刚刚开幕的亚洲文明对话大会给了我心灵的感应，文明需要"相互尊重，平等相待"，作为文明使者的园林艺术，又何尝不是这样？"美人之美，美美与共，开放包容，互学互鉴，与时俱进，创新发展"又何尝不是对本届世园会的完美诠释？

　　国家有神韵，城市有神韵，山川沟壑有神韵，江河湖海有神韵，一花一草有神韵，不同肤色的种族也有神韵，纵然千差万别，只要把生命情韵赋予自然，生活就会多姿多彩。北京世园的神韵，就是百国神韵和万类物种神韵的大集结、大荟萃、大释放，弥漫六维四野，难以说清道尽，并且定会随着时日递增而常变常新。

2019 年 6 月

此情悠悠

——写在 2019 年北京世园会闭幕之际

10 月 9 日，月华初上，妫汭剧场灯光璀璨，所有在剧场就座的人都在等候一个激情四射的时刻，那就是 2019 年北京世界园艺博览会闭幕式的隆重举行！

北京世园会从 4 月 28 日开幕起，已经舒展了 162 天的瑰丽，圆满收官之际，欣慰和惜别之情交织，已经难以用语言来形容。110 个国家和地区组织、中国 31 个省市和港澳台地区参展，刷新了世界园艺博览会参展国家记录，成为展出规模最大、参展国家最多的一届。162 天，累计接待游人 934 万人次；162 天，3284 场文化活动吸引观众 310 多万人次，20万国际友人慕名而来；162 天，新闻报道量 121 万篇次，亿万人聆听世园故事。数字就是美的诠释。无论是谁，每一次徜徉于世园，都被生命的张力和生活的美所折服，就连自己跨出的每一步，都已经和着优美的节拍，甚至连湛蓝的天空都飞翔着绿色的音符。对美景的留恋又让多少人心不能待！当魅力伴随着闭幕式或将化成幽梦的时刻，多么希望唱响欢歌的舞台能够成为崭新的起点，让甜美隽永驻守在生活的角角落落。

　　以"收获的礼赞"为主题的闭幕式演出先行开始。静谧的夜色里忽然涌出数百名佳丽，她们身着绿色的衣衫，配以绚丽的舞台投影翩翩起舞。顷刻间，"脚下"长出茂密的森林，四时盛景引来"小萌花、小萌芽"，传递着满满的祝福。一群戴着银白色鹿角头饰的娇女，跳着芭蕾舞诠释飞翔的心灵。正为舞台"天籁"感叹时，台中央绽放一朵巨大的花。层叠的徐徐绽放的花瓣和晶亮的花蕊都是灵动的，那是演员用柔软的身姿演绎生命之歌！皎月高挂于天，看人间此情此景，也欣悦起来，越发明亮，是嫦娥么？你看！她终于冲破禁忌藩篱，旋转着来到了妩汭湖边，且歌且舞，朗朗的银光挥洒下来，在妩汭湖铺展无尽心事，又似正在湖面撩起一捧人间水，叙说千古幽情往事，妩汭湖顿时流淌醉人的芳馨。转眼间，平展若镜的湖面出现许多轻舟，闪着灿灿的金色在湖中荡漾穿梭。光的祥云不知何时已然飘来，伴着月的微笑，架起了祥云桥，桥的中间有许多人手举火炬跳跃，勾勒出"天人合一"的壮美景观。忽有巨大的水滴簌簌而落，晶莹剔透，泽润万物。一条瀑布横挂于天，顿时升降舞台的"圆柱"现出万千溪流，潺潺水声入耳，播撒一片天籁。舞台上数十名由娃娃扮成的花草摇曳起来，用童话故事展露无限生机。有高歌者舞台颂美，观众席掌声如涛。背影的"花帘"飞来蝴蝶，飞来鸟儿，飞来"瓜果"，加之场景变幻莫测，观众如醉如痴。6个身披形状各异的花叶的"巨人"从白色的回廊走出来，与舞者同庆，把"生命律动"推展到高潮。一时间，绿色、青春、收获，构成了人与自然和谐共生的美妙意境。

突然，舞台静谧下来，本次世园会参展国家和地区的旗帜被高举入场，很快一个旗帜方阵形成，群众席掌声雷动！闭幕仪式正式开始，庄严里带着热烈，尤其是当李克强总理致辞和卡塔尔的代表从国际展览局官员手中接过国际展览局会旗的时候，观众席报以热烈的掌声！为了我们美丽的家园，不同肤色的人们通过世园会共同推进"世界园艺发展新境界"，"筑生态文明之基，共走绿色发展之路"。这一刻，美好的喻示、圣洁的姿态都成为永恒。而绿色欢歌之下的依依之情则化成了人与自然的交响和鸣。在举世倡导生态文明的今天，应当把古老文明融入时代，契进现实生活并予以继承和发扬。北京世园会不仅让我们得以穿梭于历史的后院，而且为我们描绘了美好的蓝图，为奇葩的诞生创造了条件。与之相应，世界各民族的古老文化在这里亮相的时候，我们可以清晰地感到文化交融的温度，因此世园会又成了桥梁，成了凝重的雄奇的瑰丽的诗篇。隽永的诗篇是需要传诵的，相信2021年卡塔尔多哈的世园会同样精彩。因为美是人类永恒追求的目标。

闭幕式接近尾声，场面越加浩大，不仅演员的队伍众多，而且层叠有序，他们表演，欢呼，还与群众互动，把场面打造成了欢乐的海洋。高空再次出现祥云桥，湖面上则是绚丽的焰火，变幻和流动的光影为在场的所有人带来无与伦比的精彩。

世园会的帷幕虽然落下了，可生态文明建设的脚步没有停歇。世园会的园区将保留 5 万多棵植物，为游园的人撑起绿荫，园区将被打造成生态文明教育基地，世园会园区还会与 2022 年冬奥会相关活动衔接，妫川也将兴起园艺产业。

此情悠悠，魅力四射的北京、绿影婆娑的延庆将把风光永续！

2019 年 10 月 11 日

"倾听"故纸遗音

　　近日，一位在文字方面有很高造诣的好友读诗时，发现地方文献的古籍和今书用字不同：古籍中的"海陀飞雨""海陀戴雪"，变成了今日的"海坨飞雨""海坨戴雪"，于是很纠结。他还讲了一个故事，说在"以粮为纲"的年代，有紧跟时代潮流的社员提出把背靠的"海陀山"换成"海坨山"，理由是带"耳"的"陀"字里包含封建迷信，带"土"的"坨"则可以夺高产。当时这个荒唐的提议竟然得到了响应，于是在一些"土生土长"的文学作品里，"海坨"就崭露头角了。现在听起这个故事来，多数人会觉得可笑，按照这种思维，近年提出了"退耕还林"，莫不成再把"海坨"换成"海栎"？但今天上了年纪的人都知道，那个年代有许多人盲目跟进，纷纷把自己的名字改了，以致困扰了家庭数十年。

　　话扯远了。到底该用"坨"还是用"陀"呢？好友提议到"故址"做些研究，便约了几个同仁一起到海陀山勘察，其实也是为了散散心。为了满足好友美意，我特意做了些"功课"。其实，这些年，因为用字混乱，已经造成了许多笑话，而"海陀山"的陀字和坨字，到底哪个正确，更具有地方文化内涵，在当地的小文化圈里已经争论多时。

"陀"和"坨"是同音字，但释义不同。《现代汉语词典》解释：陀，山冈；陀螺，儿童玩具，形状略像海螺；盘陀，形容石头不平，（路）曲折回旋。坨，面食煮熟后粘在一块儿；坨子，成块或成堆的东西，泥坨、盐坨、粉坨、礁石坨。《辞海》对两字的解释：陀，山冈，如袁桷《次韵伯宗同行至上都》："藉草各小憩，侧身复登陀。"坨，成块成堆的东西，如泥坨子。《汉语大字典》解释：坨，成块成堆的东西，如泥坨子、粉坨子。《现代汉语词典》释义：陀，山冈；坨，坨子，粉坨子，蜡坨子。

拿着这些证据，我信心满满地与好友同行，因为是金秋，海陀山俯望的玉渡山风景极佳，自然就成了登山"散心"的首选地。

那天天气极好，我挂着路边捡拾的一根树枝做拐杖，不知为何，瞬间便凝集了释怀的感念，其中不乏怀古的情伤，还略带一丝悠悠的惆怅。说实话，作为延庆人，我登海陀山已经不知有多少次。山的南麓归延庆，北麓归赤城，西麓又连着怀来，从延庆松山、赤城县大海陀山和怀来县天皇山都可以攀登。围绕海陀山，北京和河北都建了国家级自然保护区，每年都吸引大批游人走进森林氧吧，接近自然，放飞心灵。

行于高山流水间，乘着游兴正浓，我把早就做好的"功课"拿出来，希望解开"海陀（海坨）"名称这个结，并建议各位同行者参与讨论。话音刚落，便有一位大声附和，说现在流行用带有"土"字旁的"坨"是错误的，应该是"耳"偏旁的"陀"，理由是明代嘉靖年间编修《隆庆志》，就是耳字旁的"陀"字。到新中国成立前，延庆历史上的10部志书，"陀"字从未改变过，甚至还引用了赤城县、怀来县的历代志书名作佐证，断定"土"偏旁的"坨"字根本就没有出现过。其实我也赞同他的观点。不过"队伍"里另一个友朋提出了异议，他说既然现在用土字旁的"坨"字，必然有它的道理。而且他还以20世纪80年代出版的一些书籍为证明，说延庆出现土字旁的"坨"字，有权威部门的认可，难道这也会错？听了他的话，我愕然了。很想和他争论，毕竟若从汉字偏旁部首说开去，素有"左耳为山、右耳为城"之说。可要谈到唯实还是唯位，便有些复杂了。为了不让大家游兴锐减，便转到了另一个话题，等于"宣布"讨论到此结束。

宁静的片刻间，但听河水的乐音幽幽弥漫，似有丽人摆弄箫管，意在轻扣探访者的心弦，侧耳凝神，又像是有莺歌，萦萦绕绕，传递让人听不懂又挥之不去的相思喃语。

层林尽染的沟谷格外明净，红枫、绿柳、白桦、黄菊、青崖、兼有水边苍苇，色彩斑斓，疏密得当，人在其中，恰似移步于千年恍惚的梦里。脚下落叶在树隙投影的空白处亲吻阳光，反射出的金色格外耀眼，有的飘落河水里，载着夏天的故事一路跌宕下去，有的落入青石的脊背上，与苔藓、杂草絮语，像人一样，共同寻找梦里来时的方向。

同行的各位早已认识，互相照顾自不待说。一路上，类似惊叫一样的呼声常绷紧人的神经——这一般是在发现"新情况"的时候，哪怕是几块清代的瓦砾，也足以让人"研究"一阵子。尤其是在双松寺遗址，我蹲在灌木丛前，细细端详三尊石佛的造型，推断雕刻的年代，不仅仅是着迷，还是隔空隔世的交流。擦去贴附在石碑表面的厚厚绿泥，想象当初的鼎盛繁华，自然会慨叹人间沧桑。可喜的是，这次造访推翻了寺院建于清代光绪年间的记载，把建造时间向前推进了二百余年。

返回时抵达忘忧湖，是当日旅程的最后一站。忘忧湖是一个截流而成的人工湖，建于 2000 年，水面开阔，四周群山倒映湖中，虚实相映，美不胜收。

时近中午，也走得累了，几个人便在湖边选择一块地方休息。好在不是双休日，游人并不很多，他们星星点点散落在湖的四周，状态怡然。湖水平静，给人一种思悟与缥缈的意趣。岸边有成片的芦苇，把湖水和绚丽的山坡相隔开来，又像是一条洗濯过的哈达晾晒在那里，与远方的"海陀戴雪"相辉映，柔美得让人爱怜。虽则壮美丝毫不存，可安然美妙的情境仍可以引发许多思考。

正这时，一声几近凄恐的吼叫传来。众人愕然，以为发生了什么事儿，立刻起身张望，寻声而去。到了近前，才知道湖边有一个供人呐喊的大喇叭，对着大喇叭吼叫，湖中就有一股水柱直冲蓝天。吼叫的声音越大越长，水柱越高；反之则短，甚至在水面冒几个泡泡就算结束。现在对着大喇叭吼叫的是一家人，壮汉的呐喊激起了一片掌声。轻风掠过，水柱升起，不时有些水滴被风刮到了湖面，化作"飞雨"。一个小孩子被他的妈妈抱着，对着喇叭口呐喊，结果因为童声稚嫩，激起的水柱还不够壮汉的三分之一。

忘忧湖边的山冈上有一个亭子，好友提议到那里拍照休息，得到响应。我又想起"陀"和"坨"的问题，觉得地方文化就像民族大树上的叶子，是按照季节而生长发育的，叶脉连着土地，不能因为叶子时序有别，将要飘落，就把它的基本特性否定了。而且"陀"字用了几百年，"坨"字用了几十年，几百年和几十年相比，到底哪个更有说服力，似已不言自明。

文化与生活相伴，与生命相依，一步一步地从远古走向现代。此次沿溪而行，倒像是洒然间"倾听""故纸遗音"，意涵深刻。尽管忘忧湖边的呐喊也很时尚、刺激、潇洒，但呼喊者毕竟要回家去。

2017 年 10 月

神州览秀

祖国大地，尽是旖旎风光；神州览秀，几度心神俱醉；幽景入怀，别有情调上心头。心中灿然，人与人、人与物，一颦一笑皆含情。

到房山，在历史里行走

早在 1986 年，我就踏上了房山的土地，当时就觉得房山很神奇，主要是被她深厚的文化积淀所感染。在中学课本里读到北京猿人的时候，还听说了周口店猿人头盖骨遗失的故事。怅惘之时，还是对房山另眼相看，觉得房山挺了不起的，山不一样，里面的事儿也跟别处不一样，好像历史老师讲解的"山顶洞人"的影子就藏在房山的什么地方，等待我们的到来。赶巧了到房山十渡开会，便向房山的与会者提起北京猿人来，这一问不要紧，对方一阵高昂谈论。看着他眉宇间流露出的骄傲，我开始有点相形见绌的感觉。后来想到了长城，底气又大变，心说，不就是北京猿人吗？有空我让你到八达岭走走，也一定会镇住你！心里虽这样想，但还是洗耳恭听。说实在话，我真的想看看房山的山水到底和我的家乡有什么不同。

在房山，十渡其实就是个很美的地方，有山有水。为了把十渡打造成闻名于世的旅游区，当地的人打算在山崖建造蹦极台。这项娱乐特别刺激，许多人跃跃欲试。我们开会的地方距离蹦极台不远，短短的三天会议期间，我竟然四次去了平湖蹦极台——当然是在会议的休息时间。和我一同去观赏的还有别的区县的同仁，可谁也没有去蹦极，想来是与会的人大多拉家带口，免不了囊中羞涩，所以不能去体验。但我坚信与会的人里面也有钱包鼓鼓的，应该是怕危险，才没有贸然掏出钱的。

因为开会住在十渡，自然就有了亲近十渡山水的方便。我们住宿的房屋都是四合院，比当地老百姓的房屋稍稍好些。和我同屋的老陈已经年逾40岁，每天有早起的习惯，天刚蒙蒙亮，他就穿着大裤衩到外面跑步去了。他洗漱的声响让我再也睡不着，于是也就起床，到外面走走。

十渡位于一处大山谷里，空气很新鲜，路边的野花摇曳着，送来阵阵清香，鸟叫声入耳，氤氲的雾笼漫在山头，宛如浑然天成的山水画。偶尔把一朵野花掐断，放在鼻下闻嗅，脏腑便不由自主地加快了张歙。仰首看山，巍耸的样子倒像是挺然而立的护卫者，恪尽职守地保护着这里的安详。

会议进行到一半议程的时候，组织者忽然向大家宣布，要带领与会的同行们到"一线天"看看。"一线天"距离十渡也不远，听说是在一道河谷里。听了这个消息我很兴奋，路途上免不了和同仁们谈天说地。走进谷口，但见峰林峡谷幽深，天然石崖造型时时引来惊叹。山路还算好走，可常见巨石横亘中央，路遇阻隔便蜿蜒曲折。人绕石而行，倒是感到十分有趣，其实山路就是这样。我们一行数十人顺着山路前行，当远远把巨石甩下的时候，忽然觉得巨石也怪可怜的，因为路尚能伸延，巨石无论多大，形状多么怪异，都只能定在那里，几千年守着一个姿势，一任烈日曝晒、黑云压顶和雷电雨雪的侵袭。这还不算让人称奇的，最吸引人眼球的是河谷内满满的一层闪着黑红色的石头。本来是巨大的石头，好像身躯还在大山崖下面压着，不能见其大，可是仅仅是露出的部分，就包裹了许多大小不一的石块儿，成了石中石、石包石。这时很容易联想到天宇，如果把匍匐在地面的巨大的连成片的石包石看成凝固的天空，那么其间的小石头就是天上的星星。弯下腰去审视石面，顿时生出万分感慨，一面赞颂大自然的神奇，一面哀叹人的渺小。这些石头经过河水冲刷，已经十分光滑，忽然间想起了老子的话："水善利万物而不争，处众人之所恶，故几于道。""天下莫柔弱于水，而攻坚强者莫之能胜，以其无以易之，弱之胜强，柔之胜刚，天下莫不知，莫能行。"

继续前行，到达了"一线天"，震撼再次袭来。一线天名不虚传，仰头看，犹如刀劈且又高耸的石崖刚好露出一道缝儿。人入其中，感觉就是在石缝中侧身贴行，无论是谁走到这里，就算没有发出尖叫，也会被大自然的鬼斧神工所折服。

房山，奇岭翠峰，名副其实。回到住处，我的脑海时时再现河谷穿行的画面，以致开会都分散了精神。后来听说十渡是房山最美的地方之一，这里有"青山野渡，百里画廊"的美誉。也是的，拒马河蜿蜒迂回，穿山而过，宛如一条玉带，与峰林映衬，相得益彰。景物有北方之雄奇，有江南之柔媚，极富诗情画意。

十渡之美，美在自然，美在年代悠久。早在 1500 多年前的北魏，郦道元就在其《水经注》中有描述。听说清朝乾隆皇帝数次来此寻游，游后写诗。他写的《拒马河》诗赋八首颇具文采。如果十渡不美不奇不秀，定然不会吸引皇帝到此驻足的。十渡的"石包石"是不是也引起了皇帝们的注意？我想应该是有的。因为房山的汉白玉石同样受皇帝喜爱。

听说房山有个"大石窝"，北京紫禁城里最大的石雕"云龙阶石"用的就是房山的汉白玉，故宫、天安门前金水桥、颐和园、天坛、卢沟桥、明十三陵、人民大会堂抱柱石、人民英雄纪念碑浮雕、毛主席纪念堂和毛主席坐像，所用汉白玉石料都取自"大石窝"。

房山区大石窝石材的开采、雕刻可追溯到汉代。自隋末云居寺刻经开始，历经金、元、明、清几个朝代，皇家修建宫廷、园林、陵墓等工程，从河南、河北、山西、陕西等地调来大批石匠艺人达上万人，在此定居，这才逐渐形成村落。金代时，朝廷强迫大批工匠自汴梁迁入北京，房山在此时曾改名为奉先县。金代有 17 位皇帝陵墓都建于此，陵墓的石料多取自大石窝。至此，大石窝石料的开采加工形成了一定的规模，这为元代建都北京以及明清两代扩建或新修城池、御花园、陵寝等大规模的开采利用打下了基础，房山大石窝可以称得上是汉白玉的故乡。研究房山的石文化，大石窝不可或缺。

房山还有一个好去处，那就是石花洞。我去石花洞是在二十世纪九十年代，比去十渡晚了整整十年。石花洞又称十佛洞，位于南车营村，洞有多层，层层相连，洞洞相通。洞中生有绚丽多姿、奇妙异常的石花，有石柱、石笋、石竹，有石钟乳、石幔、石瀑布，有状如垒堰的边槽、石坝、石梯田，步入洞中，渗透水、飞溅水常常光顾，用清凉的善意来迎接游人。那些不同造型的"动物"，则带来动感的享受，让人感到震惊，也感到生机。珍珠宝塔、采光壁则玲珑闪耀，更为瑰丽。进洞之前，本是大汗湿衫，可进了洞内顿感凉爽，走了一段凉爽变成了凉透，洞内的石壁有水珠滴落，打得人一个激灵。我随着人群就这样上上下下地走，一面惊奇一面瞩目脚下，生怕因为看景而迈错了台阶，怕脚下湿滑而摔倒。出了洞口，艳阳依旧，气温骤然上升，热烘烘的感觉顷刻侵袭全身。石花洞实际就是钟乳石组合成的天然阵容，钟乳石形成的景观千姿百态，惟妙惟肖，加上人们的联想，自然也就美不胜收了。

走到洞外人群密集的地方，听到有人在说当地流传的"钱库钱库，大房山麓"的传说，于是驻足倾听。大意是在久远的年代里，这一带是光秃秃的石山，山上没有土，种树也不活，连草都不长，更别说种庄稼了。乡亲们聚到一块，商量如何维持生计的问题，最后有人提议，干脆弃家出走，到一个好的地方，开辟新的居住地。忽然有人说，不能走，这穷山沟里八成埋藏着什么宝贝，要不我们就去找宝贝。这个提议立刻得到认可，于是全村人开始寻宝。人们从东山翻到西山，从北坡找到南坡，跑遍了大小山头、大小沟岔，结果什么也没找到。后来一个村民告诉大家，他遇到了一个奇怪的事情，也就是在现在的石花洞处，听见吧嗒一声，好像是有什么东西从高处落下来。他屏住呼吸，又听到吧嗒一声。就向发出声音的地方悄悄地找，看见了一条细细的石缝，响声是从那儿传来的。就在他愣神儿的当口，又发现一枚薄片似的东西掉下来，发出悦耳的声响，走近一看，见一块大岩石的下部也有石缝，从石缝漏下的竟是铜钱，他数了数，整整十枚。他把这些钱装在口袋里，告诉村里人他找到了钱库！村里人几乎都来了，可就是找不到铜钱了，哪怕是一枚也没有。不知又过了多少年，这里的神仙看到村里人诚实，就把瑰丽的石花宝洞献给了村民们，村民这会儿才真的找到了心中的"钱库"。这是民间传说，其实最早发现石花洞的是一个和尚，法名圆广。据说是在公元 1446 年，明朝正统十一年四月，圆广和尚云游时发现石花洞，起名曰"潜真洞"，并在洞口对面的石崖上镌刻"地藏十王"像。明景泰七年（1456 年），圆广和尚又命石匠雕刻十王教主"地藏王菩萨"佛像，安坐第一洞室，则又称为"石佛洞"，后来流传成"十佛洞"。在洞被开发成旅游点期间，北京市政府正式命名为"北京石花洞"。

　　房山还有两个地方是很出名的，一个是周口店北京猿人遗址，一个是古刹云居寺。因为没有时间，这两个地方我一直没有去过，成了心中的一丝遗憾。

　　时间到了 2015 年，我的愿望终于实现了。因为退了休有的是时间，了却年轻时的遗憾，也成了我日程安排里的事情之一。夏天，我冒着烈日去了云居寺。

到了云居寺，仅仅是站在门外的瞬间，就感到了雄伟肃穆，庄严的气氛一下子围绕在身边，好像进入宏大的寺院不是观瞻体味，而是恰逢的一次灵魂的洗礼。过了天王殿，抬头仰望，几层大殿依山层递排列，左侧有塔，右侧也有塔，便觉得这个寺院和别处的大不相同。于是环顾，等到看到一旁竖立的寺院简介牌时，心中一阵惊喜。驻足而立，这才知道了云居寺确实非同凡响。云居寺总面积70000多平方米，由云居寺层殿、石经山藏经洞、唐辽塔群构成。它始建于隋末唐初，初名"智泉寺"，后改称"云居寺"，经历代修葺，形成五大院落、六进殿宇，是国家4A级旅游景区，也是全国重点文物保护单位。

云居寺的牌楼上写着四个古朴的大字——"千年古刹"，这是赵朴初为云居寺亲手所题。

进得云居寺，首先发现的就是天王殿后面不是大雄宝殿，而是以毗卢殿作为主殿，这让我十分惊诧。我也许去过许多名山大寺，天王殿后面都是大雄宝殿，唯有云居寺的形制非同一般。据身边一位知情者介绍，毗卢殿是云居寺占地面积最大的殿，面阔七间，进深七间，正中供奉的毗卢遮那佛是法身佛，是明朝铸造的紫铜佛像，重达4.5吨，属国家一级文物，这便更加令人称奇。

走出毗卢殿，即可看到后面还有几层殿宇，于是发现了大雄宝殿，也就是供奉如来佛祖的大殿。虽也高耸巍峨，看上去却比毗卢殿小一些。在释迦殿院，我自右向左依次参观文物收藏馆、佛教文化馆。在文物收藏馆，看到的第一件文物就是清朝嘉庆皇帝的圣旨。封建时期皇帝颁发命令时开头语是"奉天承运，皇帝诏曰"，然而这儿看到的圣旨上却写的是"奉天承运，皇帝制曰"。这大概也是云居寺的又一个有别他处的地方。

继续拾级而上，竟然看到了药师殿。伫立在药师殿前，自然是毕恭毕敬，因为大殿前的对联足以让人产生肃穆之感。金色对联写的是：发一片慈心愿度众生达彼岸，施万种灵丹赐予万民保平安。药师佛是东方净琉璃世界的教主，是横三世佛之一。《药师经》中说：药师佛曾经发过十二大愿，要满足众生的一切愿望，拔除众生一切苦难。拜药师佛能够驱除一切病痛。所以站在药师佛面前，心中自会生出万种感激。出了药师殿，可以到每层的配殿浏览，配殿大多是介绍云居寺藏经的。最让人拍案叫绝的是那些从石碑拓印下来的经文，工工整整的楷书俊秀挺拔。可以想见，把这么多的经文刻在石头上该有多少工匠付出了不懈努力。

来云居寺，我的第一意愿就是看看石经。经打听，才知道石经储藏于地下，可以近距离参观，于是直奔藏经室。

石经是刻在石板上的经文。石经藏于主轴殿宇的左侧，地面上门也不大，进门下数层台阶，即可隔着玻璃看到一个偌大的房间内整齐有序地堆放着层层叠叠的石板，每块石板都是长方形，上面刻着佛教的经文。据说房山石经的奠基人是南岳大师慧思，他觉得只有刻经于石，才能保证佛法永传后世。可他没能实现自己的愿望就圆寂了，弟子静琬继承了他的遗志。《武德八年题记》是记载了静琬大师刻经的事迹。

另外，《贞观二年题记》中记载：在唐朝贞观二年时，佛教进入"末法"时期已经有七十五年了。静琬大师是末法学说的信仰者，为护正法，以备佛教遭旷劫时能有经典存世，可充经本，遂刻经于石藏而备用。静琬的一句话说明了刻经的目的："此经为未来佛法难时，拟充经本，世若有经，愿勿辄开。"也就是说，世间如果有流通的佛经，就不要把石经发掘出来。早期刊刻石经和存放石经的地方是石经山雷音洞。石经山距云居寺两华里，因藏经而得名。石经山海拔450公尺，在山上有九个藏经洞，分上下两层，共藏石经4196块。云居寺的显然是其中一部分，或者是仿品。在1999年9月9日，云居寺举行了石经回藏，回藏以"还静琬高僧护经宏愿，留华夏子孙旷世之宝"为主题，是对刻经的一次纪念。

云居寺中轴线上有六进主殿（天王殿、毗卢殿、释迦殿、药师殿、弥陀殿、大悲殿），如果把所有的大殿和配殿都观看一遍，需要往返多次。加上身体已经疲惫，便不得不抄近路离开。再返回释迦佛殿院的时候，不经意间看到了回廊上边的"云居禅话"，上面画着一个小和尚捧着一本书在诵读，旁边就是文字，觉得很有时代深意，于是摸出口袋里的笔，抄了两句：以美好的心欣赏周遭的事物，以感恩的心感谢所拥有的一切。想来却是如此，人如果不感恩社会，那么这个世界还到哪里去寻找美好呢？

再次来到毗卢殿前，我又细细地看了介绍，并从一位导游那里听到了云居寺历经的磨难。原来云居寺在民国时期日渐衰败，加之战乱频繁，社会动荡，寺院也难免战火袭扰。

1934 年云居寺还古木参天，可是在 1942 年，日本侵略军进犯石经山，寺院只剩下了残破的山门和几座宝塔，其他主体建筑均遭毁坏。尽管这样，云居寺方圆数十里一直流传一个"山门不倒，寺必重修"的传闻。这反映出人们对古刹的无限眷恋和对古刹重光的期盼。不过这句话真的被今天的事实验证了。1985 年和 1999 年，国家分两期工程对云居寺进行修复，如今云居寺已重现庄严。尤其是眼前的历千年不倒的山门，更显得沧桑和庄严了。

三次去房山，历经三十年，在人生的长河里，也算是一个不短的过程了。在我看来，每一次的涉足，都是一次历史的旅行；每一次的行走，都能体味到历史的博大精深。不知到过房山的人，是不是都有这种感觉。

2013 年 9 月 13 日

留在黄帝城的悠思

国庆长假，本想领略一下涿鹿县城发展的，却意外地参观了黄帝城。说是意外，一是没有听说过黄帝城，二是这次参观原本不在行程之内。但一走近黄帝城，我就被巨大的"九龙腾飞"雕塑吸引住了，那种必须看个究竟的想法立刻转化为决断，好像不做停留会遗憾终生似的。

黄帝城是在涿鹿故城的原址上修建的，传说涿鹿是黄帝在中华历史上修建的第一个"都城"。如今的黄帝城位于河北省涿鹿县矾山镇三堡村，距张家口124千米。因为有了黄帝的遗迹，这里也就有了"千古文明开涿鹿"之说。

走进旅游区，第一感觉就是视野开阔，建筑宏伟。脚下的地面都是石条铺成，严丝合缝，平展如玻璃板，踏在上面，我仿佛是在叩问苍茫历史，又像是在专心探访5000年之前始祖们的足音。神路两侧尽是苍松翠柏，紧贴路边的是高耸的柏树，形象如锥，似是要以天为帛，写就宏伟巨著。来到中华三祖堂前，心情有些惊诧了，这缘于三祖堂高大无比。据相邻的一位游人介绍，涿鹿的三祖堂是目前我国最大的仿唐建筑，重檐飞角，恢宏壮阔，而且全部采用木质结构。面积也十分大，全堂占地104亩，由平面祭坛、三祖堂、后殿组成。

让人叹为观止的是平面祭坛前仰卧的青石巨翔龙、瑞麒麟雕塑，气势之宏伟，雕刻之技精，在我的游览历史中是绝无仅有的。

三祖堂内，12根立柱高耸，支撑着巨大的木结构屋顶，拓展开780平方米的肃穆空间。古朴、逼真的黄帝、炎帝、蚩尤的塑像并列在祭堂内，正襟危坐，气宇轩昂。每个塑像高5.5米，宽4米。黄帝居中而坐，略高于其他两座雕像。黄帝双目凝视前方，庄重而安详。炎帝居右侧，身披稼禾，左手抬起，双目沉思。蚩尤右手叉腰，左手握拳，身着兽皮，双目圆睁。供桌上摆了五谷，既显示了始祖的丰功伟绩，又昭示了"民以食为天"的古训内涵。

涿鹿是中华先祖黄帝、炎帝、蚩尤的争战、结盟、融合之地，《战国策·秦》苏秦说秦惠王："昔者神农伐补遂，黄帝伐涿鹿而擒蚩尤。"更早的史籍《逸周书·尝麦》中写道："蚩尤乃逐帝，争于涿鹿之阿，九隅无遗。赤帝大慑，乃说于黄帝，执蚩尤，杀之于中冀，以甲兵释怒，用大正顺天思序，纪于大帝。"汉代司马迁通过对百家之言的分析提炼并"北过涿鹿"亲自游历采访，在其《史记》中说，黄帝主要活动在涿鹿，先后"与炎帝战于阪泉之野"，"与蚩尤战于涿鹿之野，遂禽杀蚩尤"。

由于这里是文明的发祥地，历史悠长，古今来此游历者如织。唐代大诗人胡曾、陈子昂，宋代文天祥，元代鲜于枢，清代刘必绍等都曾来此瞻仰凭吊，留下了许多宝贵的诗章。孙中山先生亦曾吟道："中华开国五千年，神州轩辕自古传。"

伫立于三祖殿前，一种崇仰之情油然而生。三祖奠基了中华文明，功垂历史，凡中华儿女，不管何时何代，莫不对始祖敬仰有加。在浩瀚的历史长河中，战争烽烟缥缈而过，唯日月轮转传送古今，风云际会不过一瞬间耳。

中华三祖殿的南面是中华合符坛。这也是三祖"首创"。相传黄帝、炎帝、蚩尤经过涿鹿之战、阪泉之战后，曾"合符釜山，而邑于涿鹿之阿"，共同开启神州鸿蒙，实现天下"合符"、万方一统。"合符"即融合、统一、联盟之意，合符文化体现的是凝聚的力量、民族的团结、统一的基础。

据介绍，合符坛占地500亩，2006年开工建设，2008年建成，现已有龙凤华表、三祖桥、中华统一广场、中华合符坛、民族大观园、九龙腾飞等景观或雕塑。合符坛上有56根石柱，每根柱子代表一个民族，雕刻有各民族特色的服饰、饰品和图腾。

合符坛壮观宏阔，占地约400亩，犹如一个巨大圆月落在地上，被56根石柱围绕着。我细细端赏那些石柱，轻轻地问正在照相的一位姑娘，姑娘毫不羞涩，告诉我每根石柱高9.9米，直径1.8米，重80吨。我真的怔住了，想不到眼前的这位貌似游历的姑娘竟如此对答如流，细细询问，方知这儿刚刚搞了一个活动，她的手里还夹着活动的简介呢！我这才恍然大悟。

和祭坛与供奉黄帝、炎帝、蚩尤三位中华民族人文始祖的三祖堂遥遥相望。正中位置就是九龙腾飞雕塑，且与三祖殿在一条中轴线上。九龙雕塑造型新颖，高昂的龙头同举一个圆球，大概是应了"九龙戏珠"的含义。那被戏的"珠子"十分硕大，抬头仰望，粗略估计，直径也在八米上下，遍体红光，映着阳光分外耀眼。

真的叹服涿鹿人的眼光，能够辟出这么大的地方为"三祖"修"一座城"，使得天下的炎黄子孙能够寻根问祖，不仅提高了知名度，还促进了经济的发展，远比再造景点好多了。其实，就在这里，原来有一座古城的，也就是"中华第一城"，只不过原来的黄帝城为不规则方形夯土城，东西宽不过450至500米，南北长510至540米，比现在的黄帝城小多了。现在残存城墙高约5至10米，底厚约10米，顶厚3米，南、西、北城墙尚在，东城墙浸于轩辕湖中。可见历史"道是无情却有情"，不然我们何以能够到达脚下这块地方？何以观瞻如此的美景？

驻足黄帝城的时候，心几度被眼前的雕塑、建筑所感动震颤。在这儿，心是激荡的，激荡得有些炙热，一处古迹可以成就多少人的精神思念与想象空间？在这儿，心是辽阔的，辽阔得有些空旷，因为空旷承载着多少厚重的历史，让千万回的怅惘消融在猎猎秋风里。

大概历史云烟里的感怀，都有这样的悠思罢。

2011 年 10 月 11 日

赏读北戴河

北戴河的出名在于毛泽东主席写的《浪淘沙·北戴河》词："大雨落幽燕，白浪滔天，秦皇岛外打鱼船，一片汪洋都不见，知向谁边？"此词勾勒的场景早已在我的脑海里成了思维想象的定势，仿佛响雷之下，雨箭万点直射海面，受伤的大海顿时成了暴怒的狮子，昂起头颅吼叫着，奔跳着，击起骇浪表达愤怒，于是海面雨烟浓密翻滚，天地一片苍茫。

除了受到毛主席词作的吸引，北戴河瑞临渤海，拥靠沃土，胸怀沧溟，近京津，控海路，景色极佳。慕名前往的人自然数不胜数。有了各式各样的渲染，极尽目力赏读北戴河就成了我的一种希冀。

一个夏季的末尾，我踏上了这片神奇的土地。

为了目睹海上日出，我选择了提前一天抵达，只可惜天公不作美，淅淅沥沥的小雨把所有美好的景色都笼罩在灰蒙蒙的烟雾里，使人想到南方雨打芭蕉的慵绻，又可以想到古刹飞云间的超然物外的缥缈。只得早早寻一个旅店，安顿下来，独享烟雨蒙蒙境遇里的寂静。

　　第二天，早早奔向海边，灰云晓雾依旧，只是海水不惊，恰如一个美人刚刚睡去时的娴静。

　　过了一会儿，云层变薄，海雾退散，天幕微微拉开，浅浅的蓝色很快拱破了薄云，阳光乘机伸出千万个触角，海水的颜色随着天的蓝色而加深，渐渐变得碧蓝。这时，粼粼海波鼓荡开来，一波一波地向海岸逼近，很快就冲向了礁石，然后在礁石处堆起白色的浪花，浪花在刹那间变成泡沫，柔柔地退下，悄悄地消散。此时新的海浪正在远处酝酿，转瞬间就来到面前，重复前一个海浪的柔姿。倘若眺望海天一色，就会生出寥廓的感觉，独立临风，想起千年往事，慨叹自然生成。"魏武挥鞭，东临碣石有遗篇，萧瑟秋风今又是，换了人间！"毛泽东主席以其大气大略挥就了旷世之作，令人叹服敬仰。于此之际，我也想起了辛弃疾的《水调歌头》中"我志在寥阔，畴昔梦登天"的句子，不禁心中惘然。在叹华发苍颜的同时，又联想起印度"搅拌大海"的神话，不是众多天神也没有得到青春永驻的乳液琼浆么？人的心胸真的阔如大海，实非易事。

　　登上游轮，我向海的纵深进发。游轮有三层，可容千人登临赏景。舱内人声嘈杂，没有丝毫可以安静的空间，倒是阵阵海风可以吹去心灵中的浮尘，抵挡住那些乱哄哄的东西。我上到游轮的顶层，也算是一种逃遁，站在甲板上眺望大海，唯觉天宽海阔。艳阳从头顶照射下来，有点热，好在秋初的热并不令人难忍。海无边无际、一片澄明，偶有渔船点缀其中，倒觉得那是海的音符、海的文字、海的慈航。沉浸于阳光和大海之间，心胸豁然，一任遐想之翅翱飞。面对大海，我想把诗人对你的赞美说给你："你澄蓝的眼睛令人迷恋，请对我昭示你那般轻易地做成不可思议的难事的奥秘!"海浪开始鼓荡起来，仿佛带着纯洁的微笑，海的无言胜似有言。

我忽然领悟到：美好在于人与人、人与自然之和谐，情境或各不相同，风景却无处不在，只要达到了天、地、人的契合，美好将永驻于心。照此扩充开去，美好的生活也将永驻人间。赏读北戴河，还要更多的注释吗？叱咤风云的人物曾经在此追求的理念不也是这样的吗？

2009 年 9 月 10 日

咏叹长留武侯祠

过成都，第一个想法就是去武侯祠，除了因为武侯祠是国内最大的诸葛亮、刘备等人的纪念地，是最大的三国遗迹博物馆之外，还因为那里凝结着一种精神。历代名人及百姓若有缘临迹，莫不以敬仰之情拜谒，在游览凭吊中咏叹世之沧桑。

在车上，由于心绪难宁，一首首诗、一副副颂叹武侯诸葛亮的对联竞相浮现在脑海中，其中记得最清的还是杜甫的《蜀相》诗："丞相祠堂何处寻？锦官城外柏森森。映阶碧草自春色，隔叶黄鹂空好音。三顾频烦天下计，两朝开济老臣心。出师未捷身先死，长使英雄泪满襟。"每当我想起这首诗的时候，总不免要感叹一回，这次也不例外。对于三国故事中的诸葛亮，我是从记事起就知道的，这实在应该感谢罗贯中。此后诸葛亮其人就伴随着自己从少年走向青年、壮年。在中国，不管是何等偏僻的地方，诸葛亮几乎是妇孺皆知。一个历史人物能影响万代、脍炙人口，世属罕见，足见诸葛丞相的"鞠躬尽瘁"是何等深入人心。

　　下车时，出租车司机却把我带到了"三国文化陈列馆"，我十分诧异，欲问其故时，司机已驱车离去，于是猜想这可能是让我粗略了解三国大概，再游览后边的景点。

　　过小桥，我尾随一个旅游团率先来到刘备墓，从导游的嘴里方知这是惠陵，寝殿内高悬的"千秋凛然"几个金字，乃是清人马维骐所书，让人阅后顿生肃然。这时，我发现这儿凡门即有联，本想掏出纸笔记录的，却不想偏偏这次未曾带，心中略生遗憾。我看到的刘备墓，并不华伟，圆圆的"一抔土"貌不巍峨，与以往看到的帝王陵寝相比，实在微不足道。不知是不是刘备因为要节俭而意图为后世树立一个榜样。我绕着刘备墓慢慢地走，以图领略那种"蜀为正统，漫言天下尚三分"的昭烈志气。待到缓步走入红墙夹道时，心情忽然轻松起来，一面叹服刘备"青梅煮酒"时豪壮的雄心，一面在曲径通幽的静谧中感受结义兄弟的情怀。正是当年的龙虎会，为书写这页闪亮的历史篇章埋下了伏笔。

　　入桃园，一眼就看见了刘备、关羽、张飞的石像，却不知为何三人形象并不真切，又为何是三个不同颜色的花岗石雕像，导游解说是三人的性格使然，听后略感牵强。此时的桃园已无花，却绿草如茵，我想即使是桃树正逢开花时，也恐怕"尽是刘郎去后栽"。

　　登三义庙，仰见"神圣同臻"金匾，刘、关、张三义士之像端坐，神采逼真。那副柱上金联更是道破真谛："叹英雄自昔如斯，虽当戎马驱驰，常怀北阙；问吴魏而今安在，争似君臣俎豆，永重西川。"大意是慨叹英雄们古往今来都征战疆场，以国家为重，试问吴、魏两国今有遗迹留存吗？怎么能比刘、关、张君臣永留西川，享受后人祭祀？其实，世人到此祭祀追忆的，无非是一个"义"字，而这个"义"字内涵极深外延极广，除了"忠义、道义、仁义、信义"之外，更应包揽诚义和大义。义贯今古，有多少人为之迷恋，为之发狂，乃至舍生取义，气贯长虹。

上孔明殿，我一改逆行而上，先快步走到祠前，然后顺行慢慢游览。因为这儿是武侯祠的经典所在，不可粗略游览。迎面而来的是过厅高悬的由郭沫若写的"武侯祠"匾额，三个字大气磅礴，笔走龙蛇。匾额下每柱必有联，均字体飘逸。而"志在出师表，好为梁父吟"，也出于郭沫若之手，说明郭沫若对诸葛亮推崇备至。列于中间柱上的"三顾频烦天下计，一番晤对古今情"，则为董必武所书。到了过厅，一横匾赫然入目，翠绿色大字"万古云霄一羽毛"乃是大画家徐悲鸿的墨宝。及到里面，各廊各柱上书写的对联比比皆是，有古人的，有近人的，有今人的；有皇裔的，有达官的，有布衣的，林林总总，仿佛踏进了书法殿堂、诗词殿堂、历史殿堂。谋面的、未谋面的名人、才子都在这儿相会了，在诸葛像前慨发鸿论，畅谈惊世之语，切磋治世济民之道。再看孔明先生全身像，纶巾羽扇，端肃清正，目光邃远，淡泊宁静，一副卸脱历史责任任人评说的样子。如果是锦绣文章，写到这里，也已是洋洋洒洒、厚厚实实了。

伫立于厅堂，让我奇怪的是，诸葛亮最出名的《出师表》哪儿去了呢？没有《出师表》，何来名垂史册的诸葛亮？旁边有人见我自语，顺手指了指："《出师表》在二门之内。"我点头称谢，竟然不再顾及居于高处的刘备殿，就径自去找《出师表》，一心想看看《出师表》是不是孔明所亲笔所书，还有真迹否。及至二门石壁，大出意外。原来墙壁嵌刻的《出师表》竟是南宋抗金名将岳飞过武侯祠时观览表文挥泪写就的。只是不知是否这就是真的，心里暗暗愿它不假。通篇字体气壮雄浑，刚劲有力，结体秀逸，气韵十分生动，堪称书法上乘之作。可见英雄之间的惜念之情自古有之。同时又生联想，天下英雄尽皆景仰诸葛亮，又岂是祠堂展示的"智、勇、情、义"所能囊括的？等回过神来，想再走过去看看刘备殿，观瞻蜀地文武百官塑容时，又有几个旅游团进来，顿时游人如织，我只得怅然而出。

　　一趟武侯祠的游览，万万没有想到会这样匆匆结束。待走到大门外再回首静看汉昭烈庙时，觉得自己刚刚走出了一条时间隧道，在这个隧道里，看到了一幅幅活动的历史画面，听到了阵阵抑扬铿锵的咏叹，所有的画面、所有的声音都试图道出"志、智、诚、义、德、贤"的精髓。

2007 年 4 月 21 日

婺源好山水

钟情于婺源是从看了电视剧《梦里老家》开始的，期盼有那么一天，到实地一览芳容。

2019年春，江西油菜花盛开的时候，我随旅行团来到了婺源。从大巴车里往外看，惊喜连连，心底产生的那份激动简直要冲破身躯，恨不得赶快下车，亲近骤然而来的美丽。翠竹掩映着幽静的山谷，弯曲而且碧绿的河水倒映出粉墙黛瓦的民居，古老的徽派建筑随处可见，我问自己：这就是散发着清纯之美的婺源吗?

婺源的油菜花简直可以用铺天盖地来形容。除了四周的山峦，但凡是能够播种绿色的地方，几乎全被纯美的油菜花占领了，层层叠叠、鲜鲜亮亮、安安静静。无论处在哪个角度，要想不和油菜花合影，那是不可能的。

我和旅友们造访的第一站是"瑶湾"。时过中午，游人也渐渐少了，正好为我们欣赏美景提供了方便。沿着铺了石板的田埂慢慢行走，两边的油菜花张着笑脸要与每个游人亲昵。无论是多么坚强的汉子，恐怕这时也难以自持，会情不自禁地站到油菜花的身边，留下温馨的记忆。瑶湾是个绝美的旅游点。斜阳的辉光冲破薄云，天空正欲放晴，微风带着一丝清爽的凉意轻吹而过，摇动的花树轻染着古朴的街道，古老的水车在入口处诉说着岁月沧桑，清澈的小河穿过小拱桥慢慢地流淌。一群红鱼见到游人，便结队游到岸边嬉戏，不知它们是不是也说着快乐的吴侬软语。街巷中，虽然叫卖特色产品的声音仍不绝于耳，但鼎沸热闹的场景已经褪色。伫立在瑶湾的湖岸，身披着太阳的一抹余晖，感受着淡淡的幽谷气息，感受梦里水乡那如诗似画的朦胧与温柔，简直惬意到了极点。

瑶湾的美，除了清新俊秀之外，还有一种空灵的魅力，让你忘记了尘世间的烦恼，让你只想在其中"沉醉不知归路"。走进一座古宅，高堂的雕梁、窗柱的木刻极为细腻，工艺堪称绝伦，而且每一处雕刻都饱含寓意和故事，说人物栩栩如生、草木鲜活逼真一点也不为过。显然这是一个书香家庭，正堂的古画、桌椅都非常讲究。坐在太师椅上留个影，仿佛自己也成了文人雅士。返回的时候，在耕牛和农夫塑像前停留，立刻感觉到，我们的所有文明都是从劳动开始的。这正合了停车场大影壁上的一句话：幸福是奋斗出来的。

篁岭是婺源具有代表性的景点之一。

走进篁岭，天然的美丽浑然入画，举目四望，顿感这里充满了一种令人舒适的恬静。虽然游人摩肩接踵，但仍和喧闹的大城市有所不同。身畔，有高低错落古色古香的徽派居舍；眼前，是深幽的街道；耳边，是清爽细细的风。无论是在偏僻深幽的石径，还是在繁华的天街，这里的人和物仿佛全都置身于一种极其自然和谐的气氛之中。她的魅力就在于这里有一种从远古与生俱来的宁静、朴素。

婺源的《梦里老家》大型室外演出，是对婺源美景以及古老文化的最好诠释。演出分 4 个篇章，虽然各有主题，但都体现了婺源人的奋斗精神。无论少小离家经商还是苦读考取功名，甚至极尽缠绵的爱情故事，都再现了一代又一代婺源人对美好生活的向往，再现了与命运抗争的一种态度。沐浴在如水的月华与如诗的夜色之中，面对炫丽的灯光，可尽情地体味千年婺源的温柔神韵。偏爱美丽的婺源，就是由衷地欣赏她的宁静与安恬，欣赏厚重文化带来的地域醇香。这种有别于他处的乡愁，让多少人反反复复去圆那个千年梦，追索根脉的同时，了却一份深埋心底的情。或可以这样说，《梦里老家》并不仅仅属于婺源，而是属于这个尘世，属于华夏的古老文明，也属于过去、今天和未来。

如今的婺源风光，已经不再是萧瑟的，而是经过苍茫岁月的濯洗，正在焕发勃勃生机，激励着无数人乘着浩瀚的天风，放目远眺，上下求索，意畅神飞！正因如此，《梦里老家》便容纳了无数赤子心中的梦里水乡。这或许是婺源风光独有的真谛。

2019 年 3 月 27 日

到开封去

时逢元宵佳节，空余时间较多，我决定到开封去。

开封是古都，北宋在这儿留下的故事太多，特别是老百姓心中的"包龙图打坐在开封府"，于是慕名到此的人千千万万。开封从未萧条过，我想以后也是这样。

我去开封，已经是下午，因为大凡名胜景区，下午游览的人会少一些。选择的第一站自然就是开封府，可以说没有开封府，历史上的这座城市就会少了些光彩。开封府的门很大，且不说高耸的府墙，光是门上楼阁就有两层，比一般的州府的城门或城中心阁楼还要高大，琉璃瓦在阳光下闪烁耀眼，门口的两个大石狮仪态凶猛，威慑力很强，倘若是活物，岂不吓得人魂飞魄散？府衙建造到这种程度，足可让百姓望而生畏。大门里面，围绕一条中轴线的是层层叠叠的建筑。许多人在"公生明"的巨石下拍照，我则不以为然，很难想象在这样的府邸里如何做到"公生明"。包公如果健在，想必也不会把一座府邸建设得如此奢华。在富丽堂皇面前，我所关注的还是包公升堂办案的地方，希望看看那三口闻名于世的大铡刀。

　　迈进大堂，果然有三口铡刀一字排开，立时让人肃然起敬。虽然场景内的铡刀是复制品，人物也是蜡像，但在此仍然会感到威严。三口铡刀昭示的是正义与邪恶的较量。包公是正义的代表，虽不是历史上廉政公明的第一人，仍然得到了广大百姓的敬重。我正在痴痴关注的时候，外面忽然嘈杂起来，莫不是真有穿越时空来此告状的？退到大堂之外，原来是景区要举办"包公断案"表演活动。在混乱中，我被人群挤到了很远的地方，并且最终也没有真切看到"包大人"办案场景。遗憾是有的，领略人间正气也是有的。开封府内有梅花堂、天庆观、明礼院、潜龙宫、牢狱、英武楼、清心楼、寅宾馆等大小建筑50余座，最高的应属清心楼。不知道包龙图是不是干活干得累了就到清心楼走一走，反正我来了是要到上面看一看的。

　　清心楼偏于一隅，是一座外四内七的建筑层。一楼大厅供奉的是包大人的铜站像，系国内最高最大的包大人铜站像，重5.8吨。东墙上刻着一首五言铭志诗："清心为治本，直道是身谋。秀干终成栋，精钢不作钩。仓充鼠雀喜，草尽兔狐愁。史册有遗训，无贻来者羞！"面对塑像，我想给包大人留个影，但无论从哪个角度都照不下来，况且游人如织，每时每刻都有人闯入镜头，只得作罢。到了二楼，我又从上面往下照，没有任何效果，看来是包大人不愿意留下雄傲身姿，我还能强求什么呢？三楼和四楼都是宋代风情展示，展陈风格和别的地方没有太大的差别，也不会给人留下深刻印象。

倒是出了清心楼，我有了新的发现。原来几株梅花静静地开着，黄色的花布满树冠，不显眼也不鲜艳，但走到树下，会闻到一股清香，真是"遥知不是雪，为有暗香来"。我从地下捡起几个花瓣，尽情地嗅着，因为怕被别人讪笑，只得把几瓣梅花很小心地用纸包好收入囊中，作为"到此一游"的证据。

开封府与大相国寺不远，我们一行数人出了"后门"，紧张地向大相国寺的方向走。大相国寺是我国汉传佛教十大名寺之一，相传为战国魏公子无忌信陵君的故宅。北齐天保六年（555年）始建，称为建国寺，不久即荒废。唐长安元年（701年），僧人慧云重建寺宇。唐延和元年（712年），唐睿宗李旦为了纪念他由相王即位当皇帝，遂钦锡建国寺更名为"相国寺"，并亲笔书写了"大相国寺"匾额。相国寺历史悠久，是我国古代著名的佛教中心之一。相国寺的住持由皇帝赐封。皇帝平日巡幸，祈祷，恭谢以至进士题名也多在此举行。所以相国寺又称"皇家寺"。四大名著之一地《水浒传》里的鲁智深据传就在相国寺守菜园。这样一个名寺，哪有不去之理？

然而，到了大相国寺，工作人员快要下班了，他们催促我们快看。故此在相国寺停留的时间很短。我重点看了千手千眼观音，因为听说这尊千手千眼观音是一棵大银杏树雕成，像高7米，刻工极为精细，堪称现世绝品。三步并作两步来到巨像前，庄严静穆之情悄然而生。金身观音像高耸，仰视时仿佛是在接受洗礼。雕刻之精美更是难以尽说。肃立后便匆忙回转，到了快到门口处的地方，我看到了鲁智深倒拔垂杨柳的雕塑，同样叹为观止。据说，日本佛教相国寺每年都派信徒前来瞻礼，且视为祖庭，可见大相国寺影响之大。

　　龙亭公园是开封游玩的又一个好去处。且正好遇上龙亭公园办上元灯会，所以园区布置得五彩缤纷。只可惜天气已经很晚，身体格外疲惫，于是决定次日游览，趁着公园人少，游园也清净些。龙亭公园的确很美，园内花灯各种造型都有，大大小小，十分别致，尤其是动物造型的，或躺或卧，或迎宾或嬉戏，让公园充满了活力。凤凰和祥龙的彩灯动感十足，可以设想如果是皎月初上，这些彩灯该是多么诱人。我们正在欣赏间，忽然看到许多穿着古装的人匆匆忙忙地走过，便判断公园可能要搞活动。果不其然，大约在上午9点左右，人群就聚集在龙亭下面，等待祭天活动。龙亭其实不是亭，而是建在高达13米的巨大青砖台基上的殿堂。从地面到大殿有36丈高，代表36天罡；72级台阶，代表72地煞。台阶中间是雕有云龙图案的石阶。殿前有平台，四周有石栏围绕。大殿为木结构，属于重檐歇山式建筑，龙亭前有笔直大道，道旁是两个东西对峙的湖，东为潘湖，西为杨湖。传说赵匡胤"黄袍加身"就是在这里发生的。至于真假尚无论证，然而当时皇宫确在如今龙亭一带。金朝末年，龙亭一带也曾成为皇宫禁苑。

　　活动开始了，人们纷纷把目光投向龙亭右侧不远处的厢房，只见一队穿着各式古装的人鱼贯而出，举旗的、手握兵器的、捧着绢帛的，都作宫廷侍臣打扮，唯有队伍中间的一对演员身穿黄色，女人还头戴凤冠，一眼便知是"皇帝"和"皇后"。他们开始在稍远处列队停留，然后前移到台阶前的"广场"。人人仪表轩昂，有一名"大臣"负责程序，"皇帝"和"皇后"按照这名"大臣"的指引，高声应和，分别祭拜天地，并且登上第二梯次的台阶施礼祭酒，"皇帝"还代表万民颂词，企望"江山永固""五谷丰登"。活动时间不长，游人们仿佛并不尽兴，但众口一致夸赞"皇后"面容姣好，仪态大方。

游罢龙亭，我也怅然离去，所关心的倒不是游览龙亭公园如何惬意，而是历史的沧桑感到底该给后来人留下什么。故梦已经走远，新梦又该如何开始？为了实现新梦，又该如何加入时代大潮？这好像并不像娱乐历史那么简单。

2019 年 2 月

登庐山，看风云际会

最早知道庐山，是从毛主席诗词开始的。那时，我受爱好文学的同学的影响，买了一本《毛主席诗词》，书的封面为蓝灰色。自从买了这本书，一有闲暇便细细捧读，从毛主席的《登庐山》看，庐山很高，然而诗中说的"跃上葱茏四百旋"，就不甚明了了。后来询问过一位有知识的下放干部，才得知抵达庐山顶有396道弯，毛主席是把396道弯凑了个整数。由此也懂得了读诗不可简单从字面理解，需要知道背景，包括地名和时间。1959年6月29日，毛主席登庐山，站在襟江带湖的庐山顶峰，纵目远眺，水色山颜，尽收眼底。极富浪漫主义气质的诗人毛泽东神驰目极，遂写下了这首豪放之诗。当时，中共中央正在庐山召开政治局扩大会议。国际形势多变，会议争论颇多，毛主席情景交融有感而发，想象的翅膀驰骋，写下旷世之作也在情理之中。

其实，庐山是个风云际会的地方。其风光以"奇、秀、险、雄"闻名于世，素有"匡庐（原称）奇秀甲天下"的美誉，于是引得钟情于山水的文人墨客频频造访。从某种程度上说，庐山是中国山水诗的摇篮。有人统计过，历史上为庐山留下的诗词歌赋多达 4000 余首。李白的一首《望庐山瀑布》，"飞流直下三千尺，疑是银河落九天"，成了流传千古、脍炙人口的佳句。苏轼的"横看成岭侧成峰，远近高低各不同；不识庐山真面目，只缘身在此山中"，不仅写了庐山的高耸，还浸透了人生哲理。建在庐山的白鹿洞书院，则是中国古代教育和理学的中心学府。文人效应或者称之为文化效应，古已有之。但庐山的意义并不限于文化和教育，更多时候它与时代政治连接在一起，是许多重大事件的策源地。这更使庐山在中国名声大振。

我对庐山一直有一种向往，但因为没有路资和机会，始终不能成行。一直到了退休，才能跟着旅游团前来"拜谒"。进山的时候，我率先看到的是东林寺前的大佛，是透过车窗看到的。因为我的惊叹，导游才给我们介绍，说这是东林寺，始建于东晋，是净土宗祖庭之一，我们看到的大佛是阿弥陀佛，1993 年筹建，2011 年 12 月 11 日开光，大佛全身镀金，高 48 米。导游介绍完了，车子也缓缓上山，车窗上开始有雨滴滑落，我的第一反应是，看来要与风雨相伴上庐山了。

果不其然，汽车在山路上盘旋时，山雨紧紧相随。远处烟雨笼罩，朦朦胧胧的，看不真切，庐山也越发显得神秘起来。直到车子停下来，雨也忽然停了，天光再现，一车人为之欢喜，称不知是托了哪位大士的福。导游说了一些注意事项，便把刚刚缓过神儿来的我们，带进了开先瀑布。刚刚走到山谷中间，忽听前面的人阵阵惊叫，等走得近了，才发现一条状如白练的瀑布紧贴着崖壁从空中奔泻而下。导游在车上说过，李白的《望庐山瀑布》就是看了这道瀑布写出的。我仰望，一面叹其壮观，一面叹人生苦短，李白已经仙逝1200余年，可他所看到的瀑布却依然年轻。瀑布状如马尾，从高崖上扑落，气势雄伟，下注龙潭，泛起水烟。我们停留的地方十分陡峭，还有许多人要和瀑布留影，我只得退出，把好机会留给他人。

后来就到了召开庐山会议的地方。庐山会议旧址和抗战纪念馆本在一处，只因建筑朝向的不同，才被人当作两个地方。站在那个大院子里，我有一种特殊感觉。首先是松很奇特，抗战纪念馆前面是两排高耸入云的松树，树干笔直粗壮，针叶团团，彰显葱郁大气，带着历史沧桑又挺拔雍容。再看庐山会议门前的一排古松，树干和枝杈弯曲如龙身，似劲托苍穹，那种不屈不挠的精神丝毫不作隐饰，坦坦荡荡，任人评说。我们先参观庐山会议旧址，这座建筑原名庐山大礼堂，为传习学舍会议礼堂。旧址乃国民党中央党部所建，耗资20万元。属于宫殿式建筑，琉璃瓦盖顶，可容数千百人，并可放映电影。其实，它仅门面有中国宫殿的风格意蕴，主体结构、装饰还是遵循西方建筑精神。来到二楼会议大厅，主席台有5个座位，台下有百来个座位，每个座位上都标记有名字。旧址的墙壁上还有许多照片，也摆有手迹，意在还原历史。站在会议大厅，想象当时的情景，不仅是对历史的回顾，同时也是一种探究。会议的风云是怎样在这里酝酿萌生的，伫立于此无须多言，只有感慨在脑海一闪。

　　抗战纪念馆在庐山会议旧址之侧，建筑不是很大，但名气不小。1937 年 7 月 17 日，蒋介石曾在这里发表了著名的"庐山谈话"："如果战端一开，就是地无分南北，年无分老幼，无论何人，皆有守土抗战之责任，皆应抱定牺牲一切之决心。"全民抗战由此拉开帷幕。现今的陈列展览面积是 1200 余平方米，重点分为国共第二次合作与庐山抗战两大主题。纪念馆用大量的史料和实物展示国共第二次合作。国民党政府召开的由各界代表参加的"牯岭谈话会"亦在此地。谈话会会场悬挂孙中山画像，画像两边是中华民国国旗和国民党党旗，会场席位被安排成"山"字形，蒋中正手书的"精忠报国"也赫然在墙壁悬挂。

　　到庐山，美庐别墅是必须要看的。蒋介石夫妇和毛泽东都在这里居住过。在美庐别墅，蒋介石还与周恩来进行了多次谈判。走进美庐别墅，我看到了蒋介石和宋美龄居住的房间，里面的摆设在今天看来没有太大的出奇，只是在当时堪称"现代与先进"，那台笨拙老旧的冰箱便是佐证。在美庐，还有一副对联惹人注目，"得天地之气，与金石同寿"。希冀如何美好！然而有谁做得到？结果都是匆匆过客，包括那些名人们。

　　花径是到庐山必去的地方。一头牵着如琴湖，一头连着仙人洞。如琴湖为峰岭围抱，湖心有岛，湖边曲桥连接，绿水青山之景分外迷人。我走在如琴湖的廊桥上，微雨蒙蒙，薄雾锁林森，人如同漫步于仙境，空灵的氛围有花儿点缀，倒也妙趣横生。花径在当地又称"白司马花径"，传说白居易曾循径赏花，因而得其名。顺花径蜿蜒而下，还有"景白亭""紫莉亭""白居易草堂"诸景。花径内遍植桃花和各种名花，白居易的名句"人间四月芳菲尽，山寺桃花始盛开"，让到此赏花的人历经千年仍络绎不绝。本想在草堂立此存照的，但游人如织，只得作罢。距离花径不远处，有仙人洞景区，我进入景区时，原本是微雨初散的，不承想顷刻又落雨。于是到御碑亭那儿躲雨，这才知道御碑亭是明朝皇帝朱元璋所建造。朱皇帝为了纪念周颠仙等人，选择在这儿建了御碑亭。御碑字迹模糊，因为雨点密集，我也无心认真端详。同行的人已经走远，我不得不继续追赶，到了一个多石阶的地方，导游在那里举着小旗子等候，询问得知，原来我是走在最后的。导游指着一棵并不起眼的松树说："那就是庐山迎客松。"我很惊奇，眼前的这棵松树与黄山迎客松简直不可同日而语。但因为有"暮色苍茫看劲松"的句子在，小松树也能够出名，后面有人到那里照相，我便移动脚步前行。到了"仙人洞"，游人仿佛在等候我一般，聚集在那里不愿离去，原来一位女导游正在为她带的客人讲解锦绣谷的来历。我停住脚步"偷听"，知道了这是庐山 1980 年新辟的著名风景点。锦绣谷相传是晋代东方名僧慧远采撷花卉、草药处。因这儿四时花开，犹如锦绣，故有此名。北宋文学家王安石曾作诗："还家一笑即芳晨，好与名山作主人。邂逅五湖乘兴往，相邀锦绣谷中春。"看看，一处名山，到处都是文化。石阶梯还算好走，无奈雨下个不停，因此也要倍加小心。在另一个山洞处，洞外可容多人歇脚，有人指点说，这儿是美国人司徒雷登与某某人的谈判处。我愕然了，心说，大凡美景静谧处，都被名人政要光顾过了，也许他们运筹帷幄、酝酿风云需要这样的僻静处，或能让思想驰骋，于是想起了"山雨欲来风满楼"那句话。登上"无限风光在险峰"那块大石，雨停歇了。我终于可以面对庐山长歇一口气了，拍个照也是很自然的事情。正在舒心畅意时，山风骤起，我不得不裹紧衣服，慨叹庐山风云之多变。

当晚，我住在了庐山牯岭。晚上很冷，水不热，窗不严，空调不转，盖了两层被子，还是足足冻了一宿，我真真切切感到了"高处不胜寒，何似在人间"。早点下山吧！平头百姓，还真不习惯庐山风云呢！

2019 年 3 月

穿越佛珠洞

　　去河北丰宁观瞻九龙松之后，好像心中的愿望并没有得到满足。倒不是说九龙松气势不雄伟，"相貌"不独特，而是觉得丰宁这样一个冀北大县，不可能没有别的景点可供游人赏阅。于是询问九龙松讲解员，还有没有别的去处，并且是带点刺激性的。讲解员是个姑娘，她莞尔一笑说："丰宁还有佛珠洞，很险的，不知你们敢不敢去。"听了这句话，一向崇善的我立刻来了兴趣，并且想象佛珠洞是一个数个大洞贯通，里面空间很大的"洞天"奇观，要么就是洞里面有佛文化积淀。受好奇心的驱使，便迫不及待催促家人驱车直奔佛珠洞。在车上我还通过手机搜索了佛珠洞的"来历"，方知佛珠洞地处喇嘛山，是18块巨石掩盖所形成的洞穴，洞洞相连，洞内多险。越看介绍越想亲自体会一下，甚至产生了一种激动，像要拜访久别的老友那样。

　　十分庆幸汽车有导航，不大一会儿，佛珠洞就在眼前了。广场有一间售票处，门敞开着，无人售票。我高喊了一声，这才有一个汉子慢腾腾走过来，满脸疑惑，眨着眼睛问："你要去佛珠洞?"我点点头。他皱了皱眉头,用不无关怀的口吻说:"您就别进去了,65岁以上的我们都不建议进洞。""有这样的说法,你看我多大了?""快70了吧?""你还真有眼力。"我一面说着一面示意家人买票。收票人见状也就没再说什么。可是等我们就要进洞的时候,他忽然追过来,大声问:"你们带手电筒没?"家人一脸疑惑:"进洞还要拿手电筒?"他说:"里面太黑,用手机照也行,但是要看电足不。"我们感谢他的好意,一边走一边答道:"我们几个人呢,手机照亮没问题。"走了几十米的样子,一块巨石挡在眼前,上面刻着一个"佛"字,有一个半人那么高。拐过巨石便是山洞。洞不是很大,地面微微隆起,还算平整,我心说,这还叫"险"?没走几步就来到第二个洞,这个洞很宽敞,可以想象顶部的巨石很大很大,因为洞的顶部比较平,洞内有佛龛,还有临时摆上去的佛像。香炉内香灰已满,可见时间之久。我在洞内喘息了一下,便继续前行。这回可找不到圆圆的山洞了,脚底下越来越难走,黑色弥漫开来,遇到需侧身而过的地方,还真的要把手机电筒打开,否则头就会撞在石壁上。我小心翼翼地挪动,刚想抬头望,却撞在了顶部崖石上,头"嗡"的一下,顿感生疼,还有点眩晕了。"来探险,没险何来刺激!"稍稍缓解了,我就鼓励自己,也鼓励家人,于是大家继续"往前冲"。石石相依,块块相连,似接非接,似落未落,令人望而生畏。刚走几步,前面一道"悬崖"又挡住去路,好在进入佛珠洞之前,售票的师傅已经提醒我们要用手机照明,否则,面对一片漆黑,惶恐至极时,人该是多么无助？打开手机的照明灯，这才能依稀看出山洞的面貌。原来洞往上行，好在洞中的崖壁有脚窝。大家往上爬，还不敢直腰，因为有了碰头的教训，知道微微直起身子，洞顶和崖壁都会毫不留情给予反击。接下来的洞已经不能称为"洞"，只是攀登完横七竖八东倒西歪的一块块大石后，略显宽敞的地方。到底是不是洞，或是第几个洞，大家也没工夫计算了。呼吸越来越急促，脚下湿滑，双腿颤抖，我"探险"的劲头开始打折扣。回望来路已经一片漆黑，真希望洞内透过一丝光明，就是看不清四周和脚下，让心里稍微敞亮一下、丢却一点恐惧也是可以的。

家人有的在前面探路，忽然在一个巨崖后面高声喊道："前面有光亮了，快走，希望就在眼前！"听了这句话，我真的来了勇气，既然有光亮，前途肯定是光明的，出去透口气也能舒坦些。"坚持，坚持就是胜利！"我在心里鼓舞自己。其实这样的情景我经历了很多，每逢遇到艰险困难或者身体负重抵达极限时，我都会这样鼓励自己，增添勇气。前面是个十分陡峭的"沟谷"，说白了就是两石间的石缝，头顶上还"虎视眈眈"地趴着一块大石，真是险象环生，走得近了才发现石缝处极陡，为了登到上面的洞穴，人们在那里放了一个木梯，虽有扶手，但极其恐怖，因为梯子几乎是直上直下的，接近于直角。倘若走到中间，梯子折断了，人摔下来不说，恐怕再也没法儿攀登了。返回去已经不可能，因为路难走，摔在石头缝里或者头撞石崖石块的情形时刻都可能发生，这是到了进退维谷的境地。还是得硬着头皮"登、登、登"

"冲、冲、冲"。小心翼翼来到光亮处，发现光线是从几块巨石间的缝隙穿进来的，根本就不能见到"大天"。我开始幻想，假如只身一人，到此境地，口渴无粮，浑身无力，喊天不应叫地不灵，这可如何是好？怪不得售票的汉子说65岁以上的人不能攀登穿越，看来是有道理的。最窄处难以顺利通过一个人，侧身擦过都有困难，肥胖的人如果硬过，还不把肚皮擦破？正在胡思乱想，探险的家人把我领到了一个更为艰险的地方，这儿的巨石表面不仅非常光滑，而且地方特别窄，人要是转一下身子，也得学会"紧缩术"，况且脚下坡度很大，随时有滑倒的危险。再看那光滑的巨石，属于"智取华山一条路"，数个被凿刻出来的脚窝连半个脚掌都放不进去，脚窝间的距离还很大。提心吊胆地过了这一险，前面还不知如何，唯有前行才有出路，到了这时，人已经开始"听天由命"了。

我被疲惫和恐惧交叉折磨着，佛珠洞到底穿过了几个，根本没心思琢磨，只盼快点到出口，下次再也不来了。越是艰难困苦之时，也越需要自我鼓励。我想起了喇嘛尊者写的《大师在喜马拉雅山》，感到此行颇有瑜伽修行的意味，于是也便来了勇气，好像大师在指引路途一般。

又过了几道"天梯"，终于听到了探险者的高喊："到出口了，我们胜利了！"我这次又来了精神，从几块石头聚集留下的空间中爬出来，见到了蓝天，倒在了洞口，浑身一点力气都没有了。歇了一会儿，才睁眼看到洞口的石壁上刻着三个大字"再生缘"，字是朱红的，字体也很舒展，就跟我当时放松的情景一样。便感叹这几个字极妙，穿越了佛珠洞，才感到"精进"是必要的，如果半途而废，后果不堪设想。

从洞口不远处登上山顶，但见丰宁一马平川，更让人惊奇的是近处的山头排列着数个小池子，圆圆的，一汪碧水像是看天的眼睛，痴痴地对着苍穹，似在幻想，似在交流，又似在"悟空"。大自然真是神奇莫测，留下许多人类根本无法解释的东西，玄机难透。

返回的路也在出口处，穿过山嘴，迎面又一道巨石挡住去路，让人慨叹路多艰辛。走到跟前，发现巨石已被人劈开，恰巧可以通过一人，只是站在一旁很难发现这条人凿的夹缝。侧着身子穿过，立刻被眼前的风景惊呆：近处陡峭的崖壁，点缀点点秋色；远处高耸的山峰，裸露肌肤筋骨，有的峭如黄山，有的壮似昆仑，峰顶类似犬牙；细细观赏有一座连体峰倒像双猴望月，聚精会神又憨态可掬。

尽览风光之后缓缓下山，山谷有溪水，清澈见底，手机信号也好了。打开百度搜索，这才知道佛珠洞还有故事，原来山谷曾有月珠寺，一位喇嘛常跨独木横飞喇嘛山两峰之巅。一日康熙皇帝巡边路过此地，因叹其险随口说道："若坠山谷，岂不气绝？"音未落，喇嘛便从高空坠下，气绝身亡。康熙后悔不已，传旨在此修舍利塔，供奉喇嘛为佛。而喇嘛手里那串 18 颗菩提子，便化为 18 个巨大的巨石永驻山谷。如今的佛珠洞便是以一条 500 米的细细沟壑为轴，由 18 块酷似佛珠的巨石覆盖沟壑之上而成。穿越佛珠洞在山巅看到的碧水池乃是冰臼，系第四纪冰川时期形成，真是叹为观止。据说，能到此一游的，均是前世今生的缘分。出口处的"再生缘"
三个大字，寓意颇深呢！

我回望，陡峭的山峦似在向我道别，又似在传达一个消
息。心灵的旅行到此，人间还有什么不平事？

2018 年 10 月

美丽的多伦

一次与朋友聚会，谈起内蒙古多伦，从话语中得知多伦在历史上曾经属于察哈尔省，而延庆也曾属于察哈尔省。这激起了我的兴趣，暗暗思忖什么时候到多伦去一趟，看看"察哈尔省"最北部的"这位兄弟"，长成了什么样。

多伦史称"多伦诺尔"，系蒙古语，意为七个湖泊。行政建制始于清代。清康熙二十九年（1690），康熙帝率大军在乌兰布通之战中击败侵入漠南的噶尔丹，并于次年在多伦与内蒙古48家王爷和外蒙古部落首领会盟，召集蒙古各部首领会盟于多伦诺尔，史称"多伦会盟"。康熙在多伦敕建"汇宗"寺，属于喇嘛教寺院，委派喇嘛教四大宗教领袖之一的章嘉呼图克图住寺"俾掌黄教"。当时蒙古大部分地区都信仰黄教（藏传佛教的一派）。多伦也就成为漠南藏传佛教中心和旅蒙商业贸易集散地。

带着这些知识残片，我在2018年秋的某日，踏上了去往多伦的旅程。

那天天公不作美，淅淅沥沥的雨下了整整一个上午。到了河北省沽源县，雨稍歇，因为饥肠辘辘，随便选择了一个饭店用餐。本以为饭后天应该放晴的，可是反而"变本加厉"，雨点越发密集，终于成了大雨。直到下午 3 点，车子才开到多伦。说来也怪，一进多伦收费站，雨就渐渐停了，汽车轮子也欢快起来。我很高兴，看来多伦并不讨厌我。

时间不晚，趁着雨停之际，应该尽快到一个旅游点游览一下，也不枉一路艰辛。通过手机向朋友询问，他说我所在的地方到多伦湖最近，回来找旅店也不迟，因为这个时候不是多伦旅游旺季。

多伦湖风景区到了，可是恰逢停业，不知道什么原因。但见景区内萧条，有的地方正在建设。既来之岂有不下车就返回之理？我抱着试试看的态度去找看门人商量。那人很和气，听说我们远道而来，并且专为到多伦湖一览美景，便开始同情我们了。他告诉我景区正在升级改造，过一段时间才能正式开业，既然我们是远道慕名而来，也可以到景区内参观，只是要注意安全。听了这话，我简直欣喜欲狂，忙招呼同行人下车，把握住这难得的机遇。

雨停后，空气格外清爽，哪儿都是一片洁净透亮。我们来到景区河边，但见水草簇拥的水流柔柔地缓缓地顺势而流，连一个漩涡也没有，恰如少女在梳妆一般娴静。河道蜿蜿蜒蜒转了多个弯儿，又像是一条柔滑的丝巾铺在那里，抚摸一下，也会满手留香。我们慌忙拍照，赶快把这带有蒙古草原风情的美景收拢起来。

看门人允许我们开车进入环湖路。我们更加高兴了，连连道谢。车行不远便在一个"高地"停下来，在这儿远眺，多伦湖所有的美景都会尽收眼底。浩渺的多伦湖像是一块镶嵌在草原中的翡翠，听着湖水冲刷湖岸的声音，分明是一曲缥缈的天籁。我走到岸边，撩起一捧湖水，仿佛尝到了一口琼浆玉液。水滴溅落，又像是撒出了一把珍珠。岸边的草丛还有鲜花上，有晶莹的雨滴，越发让人怜爱。

多伦湖真的很大。我们的车子绕着平湖在沙地、草原和丛林中穿梭，且行且停，遇到美景总要拍照一番，视野内的山、水、沙、草、林浑然一体，既豁达灵秀，又妩媚情深。我们收获的那种洒脱和畅快简直是无与伦比的。

返回大门口，我们又一再地向看门人道谢。那人十分和善，在我们离去时，还向我们挥手，我从内心感到了当地人的厚道和友善。

入住的地方距离多伦公园相隔仅一条马路。我们安排停当后立即前往多伦公园。

多伦公园集健身路径、文化长廊、音乐喷泉、叠水、人工湖、小广场、花坛、绿地、假山、装饰性彩灯等设施为一体，十分现代。我来到龙泽湖边，扶着汉白玉栏杆，看水里畅游的野鸭，真的感觉是在自然的怀抱里。龙泽湖上有一个圆形舞台，台上还有地毯和灯光设施，看来一场大型活动刚刚举行。靠近舞台的座位有 20 多层，五颜六色，每排的座位摆成弧状把舞台"包围起来"，倒映在水中，与高楼的倒影交叠，构成了一幅绝美的写意画。到了晚上，这儿的群众文化活动登场，那些打扮入时的靓女们舞姿优美，一招一式都透着青春的气息。

城内还有汇宗寺。翌日我到寺院前的广场，那里正在播放着佛音，空灵的感觉顺时而生。在清代，每年3月和7月间，寺院要举行庙会，漠北、漠南蒙古各旗，上至贵族王公，下至牧民百姓，不顾道路艰难，扶老携幼，骑着骏马和骆驼，赶着牛羊畜群，驮载着各种物品，从四面八方云集于此。除拜佛布施外，还与中原地区进行互市贸易，是为"外藩四通之区，马驼丛集之所"。清人有记述当时蒙汉贸易的诗："墩夹边墙内外长，纷纷庐落绕牛羊。白貂绿马边头贵，争换红盐向市场。"诗人查慎行也曾数次随康熙帝到汇宗寺，有诗云："西僧迎辇列香幡，击鼓吹螺动法门。番界从来知佛大，而今更识帝王尊。"可见，汇宗寺的建立，无论对统治者还是边民，都是一件盛事。

寺院的正面是一条仿古街，店铺林立，售卖的都是琥珀和玛瑙，而且售价很低，引得一些江南人士都要到这里来"淘宝"。

离开多伦的时候，我真的有点依依不舍，以至到了县城外的公路上，还把车停在路边再次回望，心说：美丽的多伦，我还会来看你的，愿你成为草原耀眼的明珠。

2017 年 8 月

长江记游

2018年4月，我和家人乘三峡游轮同往长江，去实现萦绕脑海几十年的夙愿，实为一件幸事。少年时代阅读了《三国演义》，又读到李白的《早发白帝城》《送孟浩然之广陵》、柳宗元的《江雪》、白居易《忆江南》、张继的《枫桥夜泊》等等咏颂长江的诗词，便对长江产生敬意，对于这样一条养育中华民族的母亲河，如果没有近距离地接触过，恐怕是一生的憾事。

老年游览专列抵达重庆的时候，这个城市正处在"雾锁云漫"之中，直到午饭后，雾才轻轻消退，升腾到天上变成了薄云。这时我们才可以在大巴车上观看嘉陵江。江水奔腾，泛起的水浪很浑浊。导游介绍，"这是重庆连续数天降雨山洪暴发的缘故"。重庆是个山城，也是大都市，在马路上根本就看不到自行车，道路两边停放的机动车也很少。我们先去磁器口，因为有导游陪伴，便知道了磁器口原叫白岩场（因有白岩寺得名），明代改为龙隐镇，到了清代，这里瓷器交易兴盛，民国时每天有300多艘货船进出码头，有了瓷器街出现，这里便被叫成磁器口。诺贝尔物理学奖获得者丁肇中，在抗战时期就曾就读磁器口正街宝善宫内的嘉陵小学。磁器口凤凰山曾聚集了徐悲鸿、傅抱石等众多美术家。而《红岩》小说中的"华子良"，常到磁器口逗留。我看磁器口，和北京磁器口的热闹大体相同，榨油、抽丝、制糖、捏面人等传统表演项目和各种传统小吃、茶馆等，都在此聚集，把小巷搞得十分拥挤。因为是磁器口，我也到小店内买了两个小瓷壶，放牙签用的，很别致。出了磁器口，便来到洪崖洞，潦草走过，几无印象。倒是去渣滓洞，让人感慨颇多。在那儿，留给我的最深印象就是国民党的残酷。一个"小萝卜头"，能对社会有什么危害？也要斩草除根，简直是人性全无！

乘游轮游长江，是此行的重头戏。我们乘坐的是长江2号豪华轮，两人一个房间，和宾馆毫无二致，与卧室相通的露台设有桌椅，可看水面涛涌，可尽览沿途风景。服务员也非常有礼貌，从未享受过优质服务的我，简直有点受宠若惊了。船顺着江水而下，原来浑浊的嘉陵江水融入长江主干后，渐渐地退掉了黄浊。碧水横流青山秀，长江以磅礴的姿态进入了我的眼帘。脑海中立刻浮现《三国演义》电视剧"滚滚长江东逝水"的画面和杨洪基的洪亮声音，一种望断历史烟云的气概悄然在胸。"浪花淘尽英雄"，长江奔流的是历史，是无尽的辉煌和无尽的怅惘。前人经历过，今人在经历，来者将如是。内涵不同，形式变更，共同托起的是文明的继承与优化、开创。

游轮顺着江水，为我带来连绵不断的美景，拿出手机拍照几乎成为不可须臾放却的事情。迎着江风，但见万重山由远及近又由近及远，险峻的峰峦还常常裹着飞云清雨，诱引人进入无限遐思的状态。

石宝寨地处重庆忠县，是长江边一个重要的旅游景点，从游轮上看就极具俊秀，下了游轮近距离再看陡壁孤峰拔起，更是别具风情。导游说，石宝寨是国家级文物保护单位，已经辟为4A级旅游景区，有"江上明珠"之称。旅游者到此若不登临，必抱憾而归。穿过高大的牌楼，近距离端看，只见寨中塔楼依山耸立，12层层层飞檐展翼，造型奇异。相传明末有叫谭宏者揭竿起义，踞此称王，寨在巨石之上，故名"石宝寨"。进入塔楼，几乎一水的木质结构，且顺着楼梯越行越陡，越攀越窄，其建筑风格和造型工艺在国内十分罕见。阁内每层石壁均有题咏，增添了文化气息。出了塔楼，有古庙天子殿，登临眺望，滚滚江水、绵绵山峦、绰绰帆影一览无余。

长江三峡，闻名于天下，北魏郦道元的《水经注》记载：

自三峡七百里中，两岸连山，略无阙处。重岩叠嶂，隐天蔽日，自非亭午夜分，不见曦月。至于夏水襄陵，沿溯阻绝。或王命急宣，有时朝发白帝，暮到江陵，其间千二百里，虽乘奔御风，不以疾也。春冬之时，则素湍绿潭，回清倒影，绝巘多生怪柏，悬泉瀑布，飞漱其间，清荣峻茂，良多趣味。每至晴初霜旦，林寒涧肃，常有高猿长啸，属引凄异，空谷传响，哀转久绝。故渔者歌曰："巴东三峡巫峡长，猿鸣三声泪沾裳。"

这段不到200字的妙文，把三峡错落有致的自然风貌描写得生动传神，让后世无数人赞叹不绝。

说到白帝城，那可是不得不去的地方。白帝城位于奉节县瞿塘峡口的白帝山，原名子阳城，为西汉末年割据蜀地的公孙述所建。公孙述自号白帝，故名城为"白帝城"。刘备"白帝城托孤"的故事妇孺皆知。此外历史上的许多著名诗人在此留下诗篇，许多旷世之作深深嵌入民族记忆。李白、杜甫、白居易、刘禹锡、苏轼、黄庭坚、范成大、陆游等都曾登白帝，游夔门，留下大量脍炙人口的诗篇。白帝城不大，历史和文化底蕴却深厚，游览者自是不肯放过。白帝城位于瞿塘峡口，地势险要，难攻易守，在此修城建垒，驻防或屯兵，有"一夫当关，万夫莫开"之妙。登上百余层台阶，别看山不大，古建筑却是繁多而紧凑，后世为公孙述建的"白帝庙"有仙山琼阁之美。如今白帝庙内主要有托孤堂、明良殿、武侯祠、观星亭等古建筑，还有东西碑林、悬棺陈列室、文物陈列室、字画陈列室以及太平天国家具陈列室等。尤其是"托孤堂"里刘备托孤的人物蜡像，让人看了不胜感慨。

在白帝城，如果有机会，一定要在"夔门"那儿留一张照片。因为人多，我为了在此拍照，耐心排队等候了好久，导游还站在旁边不停地催促。但好不容易接近拍照的最佳位置了，岂能放弃？于是坚持等了片刻，毕竟留下了此游的印记，心中释然。

夔门又名瞿塘关。两岸峭壁一样的高山凌江对峙，滔滔大江到此束紧身材。游轮从白帝城绕过，只见宽阔的江面越收越紧，最窄处不过50米，江水至此流速加快，杜甫有"众水会涪万，瞿塘争一门"的诗句，仅仅十个字，便勾勒出夔门的赫赫水势。离夔门越近，人们也越急躁，不少人开始走到游轮顶层，想把夔门的雄姿收入手机、相机和摄像机。个别女士更是着选好位置拍照，男士们的殷勤服务则换得了灿烂娇容。这时，不知是谁掏出了10元人民币，对着背面的图案，寻找拍摄的方位和角度。我也为家人选照了几张，但是总有其他游客闯入镜头，不甚理想，只得草草收场。

夔门刀削斧砍一样的峭壁上，也有不同字体的石刻，真不知刻字人是冒着怎样的风险，留刻迹于峭壁。从客轮上看石刻，因受距离之限，不是很清楚，只有山岩上镌刻的"夔门天下雄"最为显眼。夔门是天下奇观，无数文人骚客欣赏赞美之余，也留下许多千古名句。宋代陆游《新春感事八首终篇因以自解》就留下了"忆到夔门正月初，竹枝歌舞拥肩舆"的名句。

游船继续缓行，进入巫山县，但见两岸的沟谷高楼密集且鳞次栉比，映着长江水，尽显繁华。船移景换，斜纹的山体如天斧劈开，山峰上还有薄雾飞腾缭绕，秀美风光让人叫绝。

巫峡越来越近了，峡谷迂回曲折，奇峰嵯峨连绵，烟云氤氲缭绕，景色清幽至极。忽然有人谈起了巫峡神女，我也有所感，目光在连绵的山峰搜索，但没有找到神女峰。倒是游船靠岸，换了游艇进入了神女溪，导游也换成了一个当地姑娘。导游普通话讲得很好，她说神女溪又叫"美女溪"，谷长水清石奇，植被良好，如梦如幻，原始古朴都保存至今。神女溪是随着三峡工程建设而形成开发的，当地老百姓全力支持三峡水利工程，尽显高风亮节。她一面介绍一面开始夸耀当地的茶叶，希望游客们买一些回去，也拜托大家传播当地文化。冲着她的实诚，乘坐这条游艇的人纷纷解囊，且一致认为如诗如画的峡谷没有白来，那位姑娘自然是一再感谢。

离开游艇走到登游轮的栈道，有人大声喊"快看神女峰"。人们似乎刚刚缓过神来，抖擞精神，纷纷向一个山头瞭望。神女峰果然形态逼真，那种远望的姿态仿佛带着无限的憧憬。"神女应无恙，神女应无恙"，我默默祝福，祈愿神女在此守望，保护一方祥和与美丽。

天色渐暗，黛色的山峰把游轮围拢起来。此时，游轮大餐厅热闹起来了。用餐的人达数百人，其中不乏外国客人，桌子是早已定好的，大家都是按照规定时间，排队而来，找桌签落座。服务员很有礼貌，方寸不乱。用餐时绝无大声喧哗者，因为一旦声音高亢，便会招来旁人瞩目。每到用餐时刻，船长或者经理还要到餐厅说些船上的活动安排，包括放映电影、演唱和舞会等等。看来游轮这个"小社会"，度日不单调还秩序井然。我有时想，国人什么时候变得如此规矩了呢？看来游轮的管理是到位的。有的人喜欢打牌，便到棋牌室消遣。还有人上到五层观看长江夜景，也是一种享受。

游船抵达终点时，我随着拥挤的人流去三峡大坝。以前只通过电视画面见识过三峡大坝的雄浑，这次目睹真容，心情自然格外激动。地接的导游把我们领到了坛子岭。据称坛子岭景区是三峡工地的制高点，如今是 4A 级景区。在这里观赏三峡，位置最佳，既能欣赏到三峡大坝的壮观，又能观看被称为"长江第四峡"的双向五级船闸。风很大，登到顶部的人不愿离去，后面的人还在往上涌，想在这儿拍照几乎不可能。我简单瞭望了四周，便匆匆离去。后来选择了景区内大坝左右两处走廊分别留下照片，点开手机照片，觉得还不错。由于时间充裕，还亲历了船闸通过舰船的场面，倒也震撼。

望着渐行渐远的渡船，我忽然百感丛生。是一路走进历史殿堂所得启迪多多吗？是依依惜别之际的怅惘吗？是对此行的留恋吗？是对祖国跨越式发展的骄傲吗？我已经难以说得清楚。"滚滚长江东逝水"，"唯见长江天际流"，中华民族的母亲河，它承载了历史的辉煌和骄傲，它记载了无数英雄豪杰的悲壮故事，它见证了中华文化的繁星闪烁，它还凝聚着代代中国人的梦想。而今，民族复兴之梦正在成为现实，整个民族或是"一介匹夫"都需要不断激励自己，就像滚滚长江水永不停歇地奔腾往前，尽管"浪花淘尽英雄"，灿烂的明天也永远属于勇于开拓者。

2017 年 4 月

走进王家大院

时逢狗年春节，到山西太原晋祠、平遥古城和灵石静升镇寻古探幽，别有乐趣。

年味正浓，静升镇几乎没有"关张歇业"的店铺。商店不管大小，都挂着红灯笼，鲜红的对联还在彰显春节的喜庆。

我的目光被一面黄土高坡吸引，那儿匍匐着高低错落的成片房屋。因为居于高地又属于建筑群落，所以在静升镇格外抓人眼球。路人指点说，这就是王家大院。王家大院声名远播，是电视剧《乔家大院》在全国播出后。慕名而来者无数，我也是其中一位。大年初三就有密密麻麻的人造访，恐怕在当地历史上也不多见。

王家大院历史悠长，是静升王氏十七世孙王汝聪、王汝成兄弟俩在嘉庆元年（1796年）至嘉庆十六年（1811年）间修建的，面积达19572平方米，共有大小院落35座，房屋342间。与乔家大院不同的是，王家大院属于官家大院，有"王家归来不看院""民间故宫"的说法。大院是全封闭城堡式建筑，建筑群高低错落、严密齐整，故说其为民间紫禁城一点也不为过。到王家大院走一走，感受天下第一民宅的氛围也是不错的事情。

据当地人讲，王氏家族源出太原。元仁宗皇庆年间（1312—1313年），先祖王实迁至静升村，开始以耕作与兼营豆腐为生，后来由农及商，由商到官，家业渐大，于是历代子孙均大兴土木，修建成"三巷四堡五祠堂"的庞大建筑群，总面积在15万平方米以上。及至明朝，王氏族渐渐离散。据《静升村王氏源流碑记》载，明天启年间，族人中，有的不再以耕读为本，有的不持续以商发展，有的满足于一官半职，有的安乐于锦衣玉食，不少人既无承继先业之志，亦无固本守成之心，以致有的竟成为盗贼、乞丐或不惜卖儿卖女之"莠民"。王氏家族后又鼎盛于康熙、乾隆、嘉庆年间，大兴土木，营造住宅、祠堂、坟茔，开设店铺作坊，也曾办义学，设义仓，也有修桥筑路、赈灾济贫等善举。然而自道光时逐渐衰败，大院被卖掉，渐无人居住。勃兴与衰败在黄土高坡反复上演，天地悠悠，万事无常。

走近王家大院，首先看到的是具有城堡气派的大门，仿楼阁又不是楼阁，气势宏大又不越矩，王家人是颇费了一番心思的。进了大门就是一套又一套的宅院，看那些建筑，雕梁画栋，却少粉饰，房脊高大，非常讲究但仍属民间特色，这就避免了逾矩的嫌疑。套院有前后左右，有层第概念，有高低之别，有大小之分，一切显得浑然有序，说明大院充分利用了地貌地势，设计时相当考究。大院令人叫绝的是"三雕"艺术，即砖雕、木雕、石雕，也正是这"三雕"，成了王家大院最具代表性的特色。每一处建筑都有切合"实际"的图案，有图案就有寓意，并且寓意都透出吉祥。这还不算，所有的雕刻或繁或简，都经过精心制作，雕品栩栩如生，惟妙惟肖，几乎件件都是顶尖上乘之作。这在民间几乎不可想象，也说明王家大院在建造时的确是不惜重金。

在大院里照相的人比比皆是，与其他的旅游点不同的是，在这里照相的人很少照人物或给自己留影，大部分人都是在拍房屋街道奇貌和各类雕刻中的"经典"。有的人抚摸着各套门前的小石狮，流露出赞许。那些砖雕，多采用高浮雕、透雕、剔凸雕等表现手法；那些木雕，线条流畅，有的暗含故事；那些石雕显眼而精致，造型夸张又形象逼真。

在王家大院，随处可见勤俭读书的家训，透露出经商人祈愿家族后人永续的愿望。可是真正考取功名的寥寥，王家虽官爵显赫，却多属捐官。不过这说明了一个问题，就是在古代，官与商从来都是一体的。王家大院还有许多牌匾和廊柱楹联，多含警示做人、勤勉耕读等寓意，也有表现谒见帝王、荣耀家族兴旺的，但不多。这些楹联匾额作为文化的象征，昭显王家虽然以商起家但有品位，重在潜移默化地熏陶子孙，引导后人继承家业，推动家族兴旺发达。

从某种意义上讲，游览王家大院，就是欣赏民间建筑艺术，探究社会观念和氏族生活方式。王家大院被誉为"中国民间故宫""华夏民居第一宅"和"山西的紫禁城"，是有一定道理的。

牌楼在古代建筑中极具象征意义，正是这个缘故，我在离开王家大院之前，特意把临街牌楼拍下来，又在旁边的小摊上购买了特色小吃和山西老陈醋。家人则在另一处小摊买了木雕。愿这些场景永远保存在我的记忆里，也证明"我来过"此地。

2018 年 2 月

初上井冈山

2019 年 3 月 21 日，我携家人同上井冈山。

景仰井冈山的思维从孩提时代就有了，因为井冈山与中国革命紧密相连，所以景仰之余还多了一份祈愿，那就是到实地接受红色精神的洗礼。想不到这个祈愿到了退休才实现。

我们抵达的第一站是井冈山博物馆。站在博物馆门前的广场上，立即感到博物馆的高大宏伟。台阶前正有一批"红军战士"照相，我们不便打扰，在等候片刻后，才选好位置也拍照留念。等到上了又一层台阶，发现那里有"井冈山革命博物馆"的横条石面金刻。朱德题写的"井冈山革命博物馆"几个大字伴着阳光熠熠生辉。我每到一个地方，都很喜欢到博物馆走走看看，因为博物馆就是历史的浓缩。迈进大门，迎面是巨幅彩照，特别是有了灯光的照射，站在彩照前面如同进入了真景实地。尤其是那棵大树栩栩如生，远处则是井冈山的主峰，给人以震撼。到了内部展厅，就主要展示先烈们的革命事迹了，这里有照片，有实物，有用现代手段再现的场景，也有电视画面解说，还有英雄的塑像。

游览博物馆之后，我们便前往杜鹃山。出发的时候，导游少不得要介绍杜鹃山，算是留下初步印象，据说，杜鹃山这个名字是根据现代京剧《杜鹃山》改称的，原来叫笔架山。登上杜鹃山，可以隔谷相望"五指山"，尽揽井冈山风光。但去杜鹃山，是必须乘索道的，否则无法进入景区。而且索道有5200余米，光乘索道上山也需要半个多小时，可见路途之远。到了索道终点，还要登山，不过道路比较好走，不会有什么问题。

我们乘坐的大巴车开始进入山涧。潺潺流水伴着大巴车一路前行，道路两侧山峰如削，却被荫蔽的松林掩盖。这些松树棵棵笔挺，哪怕是长在石崖边，也"坚贞不屈"。我觉得松树长成这个模样，肯定与丰沛的降水和高山气候有关，于是询问导游。得到的答案是这里每年降水量在1900毫米左右，海拔在1000米以上。果然印证了我的判断。车子拐弯或者行驶缓慢时，我看到那些松树，几乎是一般粗细，树干需要两个人合围的不在少数。于是想到，难怪井冈山的人民有不屈不挠的斗志，这里的环境尤其是笔挺的松树已经说明了这一切。

我们来得早，第一拨乘上了索道缆车。随着缆车的不断爬高，群山依次降到了眼底，丛莽的松树忽而迎面而来忽而贴身划过，间或有翠竹，浓郁森然。有时看到林中倒卧的古树，又有一种苍凉之感。缆车爬到接近峰峦高处，松树渐渐地少了，杂树多了，但松树仍占有"统治"地位。因为来得早，满山的杜鹃还没有开，但星星点点的红已经出现，诚所谓"万山绿中一点红"。下了缆车，我特别寻找怒放的杜鹃，尤其是红色的，可终无所获。台阶边有一片盛开的红花，远看是个花球，近看是许许多多的小花簇拥而成。没有蓬蓬勃勃的杜鹃花可看，这些花球也为杜鹃山增色不少。然而心中还是有疑问，这是什么花？正好景区的一位保洁员走近了，我便大胆地去询问。得到的答复是：这就是杜鹃！杜鹃有长成这个样子的？我惊奇了。保洁员告诉我，这儿的杜鹃有几十种，这是其中的一种，栽在路旁，让早来的游人不至于失望，这不是很好吗？听了她的话，我忽然间觉得身上有暖流穿过，景区的人性化到了这步田地，难怪到此造访的人赞不绝口呢。

抵达山顶平缓处，一条平展的栈道在前方延伸，变幻着姿势，忽隐忽现，招引客人前行。在栈道转弯处，崖壁有成群的高低错落的松树。这些松树或平展，或刚劲，或挺拔，或盘旋，各具特色。有的松树如巨龙飞舞，又似凤凰归巢。我们走在玻璃栈道上，一面欣赏连绵松林，一面观览五指山的雄壮，顿生豪迈之气。人至此，叹井冈山的神秘幽深，叹井冈山的变幻莫测，叹井冈山的气势气概，真是不临其境不知其中之妙。松树在这里体现的精神就是不惧艰险，于是想起了毛主席的十六字令："山，刺破青天锷未残。天欲堕，赖以拄其间。"古人说："非常之观，常在于险远。"毛主席在井冈山创建了根据地，中华人民共和国成立后，又几次再上井冈山。这里有他的情结，有他的脚步，有他对未来的思索。井冈山有他的精神支柱，有他敢上九天揽月的非凡气势，也有他的别人难以想象的探索与发现。风雨如磐，如今我瞭望这座山峰，好像沟谷依然涌动着红色的风暴与狂澜，那些衣衫褴褛的战士依然在林间攀登，改造世界的几位历史伟人也仿佛正并排站在山顶，面向他们钟情的山峦，露出永恒的微笑。

依依惜别杜鹃山，因为累了，本想晚上睡一个好觉，可思绪飞扬，辗转难寐。到茨坪镇抱翠园走走，忽然湖中出现了水幕，水幕中间竟然飘起一面带着党徽的红旗，让人顿感诧异惊喜。于是联想，井冈山的红色和井冈山的松树是不是天作之合呢？家人忽然说道，明天我们该去瞻仰井冈山烈士陵园了，我也瞬间悟到：井冈山松树、博物馆、烈士陵园，在这儿，每一寸土地都有红色的篇章，都有引人深思的答案。

2019 年 4 月

土楼幽梦

　　到福建必去永定土楼。放轻脚步走近土楼，似有一股春风涤荡在胸，在感受到她的神奇时，也感到一种肃穆。端看她的身姿，崇敬伴着爱怜还有柔情萦绕于心，使人不忍去惊醒她的幽梦。

　　永定土楼的"代表作"应属承启楼。它的创始者从哪里来，是如何在此安顿下来的，世人已有考究。导游说，承启楼这一族从明崇祯年间开始兴建此楼，历经多次完善，至今已经300余年。它古色古香，可又充满浓郁的新时代乡土气息。1986年，中国邮电部发行一套民居邮票，面值1元的"福建民居邮票"上的就是闻名遐迩的承启楼。土楼曾一度被西方国家认为是中国的神秘军事设施，当西方人认识它之后，又盛赞其为"东方古城堡""世界建筑奇葩""世界上独一无二的、神话般的山区建筑模式"。2008年7月，承启楼和福建众多土楼一起，成功列入"世界文化遗产名录"，从此更加声名远播。

　　有人说，永定土楼像从天上落下的飞碟，构思奇特，千姿百态，种类繁多。土楼是客家民居博物馆，是落地的"古月"，它的风韵不在外表，而在内敛的典雅和高贵。

承启楼直径 73 米，走廊周长 229.3 米，全楼为三圈一中心。外圈 4 层，高 11.4 米，每层 72 个房间；第二圈二层，每层 40 个房间；第三圈为单层，设 32 个房间。中心为祖堂，全楼共 400 个房间。楼高四层，环四圈，真是"圆中圆，圈套圈，历经沧桑三百年"。土楼鼎盛时期曾住 800 多人。

承启楼里保存着一个楠木寿屏，系由 12 扇楠木板连接而成。是乾隆年间朝中尚书、京城太学士们合赠的。寿屏雕有《郭子仪拜寿图》《二十四孝图》和《四季图》，187 个人物个个栩栩如生，呼之欲出。

承启楼里有一副堂联："一本所生，亲疏无多，何须待分你我；共楼居住，出入相见，最宜注重人伦。"教导同住一楼的人应和睦相处，讲究诗书礼仪。

我是从土楼的一层开始游览的。凝目而看，圆形的城堡把围墙作为房屋，已经让人称奇。这还不说，中央"院子"也是圆形的，房屋藏于其内，好像每一间房屋，乃至每一个拐角，都深藏着无数的故事，或是柔情蜜意的影子，或是慷慨激昂的状态，或是辛苦劳作的场面，凡此多多难以尽数，但都是一个宗旨：用不同方式演绎一个家族的成败兴衰。

当时游人并不很多。走到一处稍微宽敞的屋子前面时，我见几个游人捧着一炷香站在门口等候，很诧异，上前问过之后，方知是这里一户人家今日回到祖堂为先祖作节令，他说："回家祭拜，就表示这里不能忘记。"大概是游人们被他的虔诚所感染，便按他的要求到墙上挂的一个照片前上香。我恍惚间感到，历史的风烟已经飘得越来越远，这户人家的后人还在寻找旧日的光彩，幽梦未断。是怀念还是对过去的唏嘘？或是隔着历史的门槛在与远去的人作心灵的感应、超越时空的对话？

承启楼也有许多人和事让居住在这里的人引以为豪。自土楼落成以来，土楼居民中先后有40多人考中进士、举人、贡生，有80多个博士、大学生、科学家、教授、作家，其中有一户人家出了10个博士。怪不得这个土楼叫"承启楼"呢！承前继后方有人才辈出，土楼也在书写家族史。

外面下起了淅淅沥沥的雨，我慌忙找地方躲避。看着从高空飘落的雨，我恍惚觉得这雨拉着绵长的线，一头在天一头在地，牵着的是众多人的思索、众多人的故事，待到雨滴入土，方能滋润出蓬勃的绿色，一代接着一代。幽梦依旧，土楼里的人如是，土楼外的人又何尝不是幽梦依旧！因为梦里有希望，有欢欣。

2015 年 6 月

澄海楼上的眺望

早就听说山海关有座澄海楼，就想登楼眺望，遥看澄净的大海，鼓荡起保我大好河山的胸怀。没想到这个愿望还真的成真了。

那是 2014 年一个暑日的下午，到山海关游览的一家人披着斜阳的余晖到老龙头观澜。走进公园大门，我第一眼看到的就是远处右上方的一座高楼。它极有气势，仿佛那座楼不是建在地上，而是仁立在云中。

我一面感到惊奇一面想近前看个究竟。迅速往前走，除了园林景致，还有"辕门"，再往前走，就到了"太极阵"、演兵场。旁边的古建筑林立错落，颇有气势，问得一名游人，方知那是守备衙门。我的心思全在澄海楼上，所以对清兵将士的居所、官邸不很在意，于是继续向前行。大概是走得急了，觉得前倾的身体离地面越来越近，停住脚步方觉地面坡度越来越大。快到澄海楼的地方，还高筑了层层台阶。台阶分为三个区间，每个区间的台阶数目相等，足有百八十个阶。不知建造者是出于何种考虑，非要把台阶设为不同的区间。

我无暇顾及这些，因为高高站在上方的澄海楼已经对我发出了无言的呼唤。

我终于站在了澄海楼下，第一感觉就是澄海楼巍峨壮丽。且不说琉璃瓦金灿耀眼，雕梁画栋，单是人在楼下，便觉得被其威势夺了尊严一般。人在楼下如同蝼蚁，而澄海楼倒像是一名高大的壮汉，或是一名手持兵器的威武士兵在瞭望海滨，对身边走过的众人毫不理会。其尽职尽责令人景仰。驻足仰望，澄海楼悬挂的"胸襟万里"匾额，样式和北京故宫悬挂的匾额没什么两样。只是觉得在澄海楼上看这几个字，别有一番滋味。

登楼的人并不很多，纷纷攘攘的人群多是奔向老龙头的，这倒给我留出了好时机。于是上门阶，径直而入。过了门槛，这才知道登楼要单独收取费用，于是恍然为何人们不来登楼了。

但"既来之则安之"，到了楼内岂有不登之理？付了费用，便按照指示牌拾级而上。弯弯转转地登上了第二层，倒觉得澄海楼像一座塔，一座俯视大海的瞭望塔。登此楼，似可把万古云烟都看尽。

端看雕梁画栋，眺望大海之滨，顿感海风袭来，鼓荡起来的不仅仅是衣襟袖管，更是心旌。于是想到清朝的大员们登临此楼的场景，或者捋着胡须，扬起手臂指点防务；或者大抒豪情，高谈阔论；或者惊慌失措，频发急告。他们均已远去，而我今登澄海楼，确也心潮起伏，百感丛生。试问澄海楼，你历经朝代更迭，能够告诉我们的到底有多少？

　　抚摸栏杆，我不禁"叩问"历史，脑海顿时思绪万千。古往今来，中国大地上建造的楼阁可以说不计其数，但成为名楼的却不多，就连这座澄海楼也不在"名楼"之列。唯有湖北武汉黄鹤楼、湖南岳阳岳阳楼、江西南昌滕王阁最为出名，并称"中国三大名楼"。山东烟台的"蓬莱阁"、广西容县境内的"真武阁"、安徽马鞍山的"太白楼"、浙江嘉兴的"烟雨楼"、广州越秀山上的"镇海楼"、贵州贵阳的"甲秀楼"、四川成都的"望江楼"、云南昆明的"大观楼"、山西永济的"鹳雀楼"等等，虽也名声远播，但与三大名楼相比，还是略逊一筹。究其原因，则是因为名楼有名士名篇流传于世，占了风韵之先。达官显贵、墨客骚人登楼一游，或际会四方之客，或作酬唱应和之曲，放悲声，抒情怀，低吟浅唱，壮怀激烈，乘兴而来，尽兴而去，留下名诗佳作，引得仰慕者纷至沓来，"名"也就因此而生。

　　站在澄海楼上，自然也就想起了万里长城。澄海楼是万里长城东部起点上第一座城楼，明初此地即有建造。只是那时修建的是"观海亭"，明万历三十九年，兵部主事将观海亭扩建为澄海楼。"澄海"的意思即"大海澄清，海不扬波"，象征圣人治国，天下太平。也就是从那时起，澄海楼御敌的作用开始显现。

　　澄海楼矗立在地势险峻的老龙头上，背山面海，楼为仿明式大木架结构，样属九脊歇山式，典型的二滴水明式建筑，外设围栏，内设桌椅。据传"澄海楼"匾额上的字为清乾隆御笔亲书。"雄襟万里"匾额则为明大学士孙承宗题写。1900

年，八国联军进犯山海关，一路烧杀抢掠，老龙头炮台被毁，澄海楼被毁之一炬。澄海楼前的三座石碑，即"天开海岳"碑、"一勺之多"碑、"知圣"碑，也仅存"天开海岳"碑。1985年修复老龙头时，才重建澄海楼。

登楼远眺，但见海天一色，让人心襟大开。楼下暑热难耐，楼上却有海风掠过，倍感清凉。旁边一人见我凝神，主动向我介绍澄海楼的奇特。他的话语里充满了对澄海楼的誉美。他说有时海面浊浪排空，岸上风声阵阵，而登上澄海楼却寂静不觉。我立刻想到，这澄海楼到底是监测敌人侵扰呢还是麻痹守关将士？楼内所书乾隆及文人墨客的联句又在说明什么呢？

在澄海楼远眺，对过往云烟有太多唏嘘，对眼前的繁华又有太多的感慨。我真切地感到和平的可贵，感到守卫和平的艰辛，感到振兴民族的重任。

正在怅然的时候，家人已经从老龙头又转回了楼下，扬手示意要我去海滩。我下得楼来，又不由自主地回望了一回澄海楼，祈愿澄海楼作为万里海疆的前哨，把一个民族的抗争精神永远珍藏起来。

2014 年 7 月 19 日

运河，荡漾在历史的天籁

　　刚刚入夏的通州，运河春气尚存，但氤氲之美已经开始描画了。我曾到运河岸边流连，不过那是 30 年前的事情了。那时的运河虽然宽阔，但是未经改造，显得有点冷清，而且湿凉的空气里还夹杂着淡淡的腥味。河道上也没有游船，就连"商船"也没有。可是现今不同了，经过改造的通州运河，碧波清流，烟树婆娑，运河东岸公园已经成了人们娱乐休闲的场所。河边有船坊，可以登临观赏。河上有航船，沿河直下，可行走十几千米，观赏盛世美景。

　　我眺望运河，思维之水的涟漪泛起。

　　京杭大运河是中华大地上一条古老的河流，是持久散发活力的河流。说其古老，是因为这条人工开凿的河流已经流淌了几千年，给中华民族留下了厚厚的历史文化积淀，功莫大焉。说起活力，是因为今天的她依然光灿如初，甚至比"有女初长成"时还要美丽。走近她，便感受到无穷魅力，被古文明留下的芬芳所震撼。运河就是这样在时空的路途上唱着古老的歌谣，在炎黄子孙的家园荡漾着天籁。

美妙的天籁在哪里？在水乡的浅吟低唱里，在船夫的号子里，在运河的生动气韵里，在民族兴衰的烟云里。

开凿京杭大运河的最初目的是为了巩固统治，发展经济。几个朝代为了巩固皇权，无不重视运河，并以此来增加影响力。拿通州来说，古曾有路县、通路亭之名，因临潞水，汉代称潞县。潞水即今北运河。到了金代，潞县的交通地位凸显，金海陵王完颜亮为伐北宋，取"漕运通济"之意，改潞县为通州，打造战船。元代，郭守敬引昌平的白浮诸泉之水，连通京杭大运河，南方的粮食源源不断运往京城。至此，原来以洛阳为中心的隋代横向运河就修筑成了以大都为中心、南下直达杭州的纵向大运河。特别值得一提的是，元世祖忽必烈把通州至京城的河赐名"通惠"，让运河容纳了满满的吉祥之意。南方的粮食源源不断地抵达京城，有了粮食保证，政权才得以巩固。到了明清，漕运已经非常发达，除粮食之外，更多的物品通过运河运往北京。舟船千渡，帆樯林立，繁华成了运河文化的主题，运河开始展现她强劲的生命力。

运河载来了江南园林艺术。江南园林艺术诗情画意，工匠的技艺巧夺天工，常常让人叹为观止。江南园林主要以苏州园林为代表，多属私家宅院，可赏、可游、可居，一般规模不大，精巧素雅，玲珑多姿。北方皇家园林豪华富丽，规模宏大，建筑稳重大方，色调浓墨重彩，常与苍松翠柏为伍，展现北国风光博大崇高的磅礴气势。二者虽有不同的风格，但都朴实自然，都有山林野趣，置身其同，"不出城廓，而享山林之美"。皇家园林经过辽、金、元、明、清5个朝代的建设和改造，深深吸收了江南园林艺术的长处，完整的皇家园林体系逐步形成，其建设规制也渐渐影响北方大部分地区。而事实上，江南园林文化"流"入北京正是从运河开始的。明代皇帝朱棣把都城从南京迁到北京，南方大量名贵的建筑材料、生活珍品随之北上，江南的大量工匠也随之而来，江南园林艺术在京城得到了充分发展。及至清代康熙和乾隆的南巡，则把江南园林艺术的"北上"推到了顶峰。

运河还承载了民间文化艺术交流的重任。我们提到运河文化，不得不提到民间文化艺术的交流。说运河文化是流动的文化，一点也不过分。纵向上千年，横向地域广阔，运河文化已经深深注入中华文化的血脉。今天我们提到的众多非物质文化遗产有许许多多都与运河有千丝万缕的联系。传统民间技艺是中华民俗文化的重要组成部分，也是炎黄子孙沟通情感的纽带，是彼此认同的标志。传统民间技艺是维系民族团结的黏合剂，凝聚着民族的性格、民族的精神、民族的文化创造、民族的真善美。而反映运河的文学艺术作品从古至今从未间断，《红楼梦》这样的经典巨著也曾写道"漕运"，可见运河文化影响至深。至于《西游记》作者吴承恩与运河的联系，就更多了。

运河也流过国运衰落的泪。清乾隆五十八年（1793），英国以给乾隆祝寿为名派遣马戛尔尼使团访华，其真实意图是与中国"交使通商"。在清廷，"祝寿"虽被接纳，"通商"却未获应允。然而马戛尔尼使团没有白来，他们借此行收集了大量有关中国的信息情报，也看清了清政府是如何的妄自尊大、外强中干，看清了浮华之中的落后本质。这为日后英国的侵略埋下了伏笔。而马戛尔尼使团就是乘坐官船行于京杭大运河到达北京的。这对于开始走向衰落的清政府，不得不说是一种悲凉和讽刺。

运河，是历史的天籁，是文明的天籁，聆听天籁，常常让人情不自禁。如今，眼前的运河已褪去了苍老，新建的景致赏心悦目。在船桨的浪花里寻找珍贵的记忆，文化传承的热望便会涌上心头。把文化自信升华，继而寻找新的坐标，使古老文化焕发新的光彩，且依然耀眼，这是至关重要的。

此刻，我忽然想起了徐志摩的几句诗：寻梦？撑一支长篙，向青草更青处漫溯；满载一船星辉，在星辉斑斓里放歌……

2017 年 7 月

2013 年 3 月 31 日

心灵情相

品尝生活百味，给心灵放个假，方可绽放静心的笑。培养内在的美，表达内在的美，会拥有对永恒喜悦的追求。与经验的每次相约，都在绚丽美好的明天。

绿色梦想栖落家园

有一种梦想是绿色的，有一种希冀是甜美的，它追求人与自然和谐的音符，希望生活的沃土永远保持自己青春的容颜。它在群山竞秀里深埋幸福的给养，它趁着天蓝水清扬起时代的风帆。它唤醒困倦的心灵，让人们以智慧面对自然；它让人们唱响发展的主题，让大自然展露和谐清新的笑颜。

新世纪来临的时候，我们再次丰富了绿色梦想。从此，生态涵养的主题丰润了我们的家乡，我们随着时代的节拍，细心描绘如诗如画的家园。如今，我们的绿色梦想，已经化为了社会发展的乳汁，轻轻吸一口都会觉得无比甘甜。我们在劳动和创造中改造自己，我们获得一个个奇迹，生命里的绿色血流在妫川大地无限繁荣。

绿色梦想栖落家园，我们周围的每一株花草都在展示生命的美丽，虽然无声却把吉祥代言。

也应该感谢壮丽质朴的大自然，竟如此钟爱延庆，按照我们的意志，铺展开秀美的山和水，捧出一幅幅美丽画卷。海坨、妫河、百里画廊、冰川、峡谷、地质公园，每一处都以独特的风姿显示永恒，它的纯真为我们带来了美景，也带来了神秘。恐龙的脚印让我们知道了大自然的风云变幻，火山岩让我们知道了大自然的伟力和尊严，正是它的每次感情抒发唤醒了我们思想的成熟。我们凝视山峦河川，如同凝视岁月，我们在大自然的怀抱里，渐渐读懂了绿色梦想的全部蕴含，我们知道了如何与大自然和谐相处，如何建设美好的家园。

我们深知，守望绿色就是守着一份美丽，就是守着美好家园。

绿色梦想栖落家园，洁净环境里传来了缕缕芬芳和香甜，沁人心脾，令人心怀坦荡，畅想洒在了蓝天白云间。芬芳浸湿了我们的心灵，凝结着我们的情感。细心体味飘散在生活中的芬芳，是另一种感受光明的方式。

生活因为有了绿色，有了芬芳，人间的爱就多了一分温情，我们的内心就会发出美的感叹。

绿色梦想栖落家园，我们还要把绿色生活一次次地拓展，让绿色消费、绿色出行、绿色居住成为自觉行动。我们深知，幸福的桥梁因为绿色的传递而不断扩宽。

曾记得，瑞士诺贝尔文学奖获得者、作家赫尔曼·黑塞说过："树木是神物。谁能同它们交谈，谁能倾听它们的语言，谁就能获悉真理。"

绿色梦想融合了远见卓识，需要我们不断地用自己的行动来实现。增强环保意识，提倡绿色低碳生活方式，积极参与环保活动，我们的美丽家园才会充满勃勃生机，我们的生活才会如诗一般。

让我们都来丰富绿色梦想，用渴望环境优美的眸子审视和期待我们的明天，把生活一次次扮靓，让绮丽的风光永驻家园。

2013 年 7 月 15 日

德伴一生谈

　　道德是社会调整人们之间以及个人和社会之间关系的行为规范的总和。不同的民族、历史、集群、社区都有不同的道德标准。道德的标准是特定生产能力、生产关系和生活形态下自然形成的。但社会公认的道德规范是社会公德。只涉及个人、个人之间、家庭等的私人关系的道德，称私德。道德是后天养成的被公众认为合乎行为规范和准则的东西，是社会生活环境中的意识形态之一，是做人做事和成人成事的底线。道德在生活中自觉自我地约束着我们。假如没有道德或失去道德，人类社会就很难维系。一个不懂得道德和没有道德的人是可怕的。

　　在现实生活中，对道德的理解也千差万别，仁者见仁，智者见智。这里说的"道德"主要是社会公德，而且仅谈人的一生育德的问题。

　　在现实生活中，常有人把育德和德育相混淆，认为二者没有什么区别，但在笔者看来，育德和德育既有区别又有紧密的内在联系。不错，育德和德育都是培育道德，但是育德的主观性更大，几乎适用于所有人，属于社会德育和自行德育范畴。德不正，易为祸。制造"毒奶粉""瘦肉精""地沟油""彩色馒头"的人很有才，很能干，可惜用法不正，思想不正，方法不正，道德缺失，便出现了危害社会的恶举，自己也难免身陷囹圄。显然，作为社会成员的个体应该主动地把道德的培育放在首位，能够不依靠社会影响而以"内力"来完善自己，终身育德不懈，这才是正途。

黎巴嫩作家纪伯伦有这样一段话，至今读来深感意味隽永。他说："一个人渐臻完美的时候，会感到自己是广袤无垠的宇宙，是浩渺无边的大海，是始终在燃烧的烈火，是永远璀璨夺目的光焰，是时而呼啸、时而静默的大风，是裹挟着电闪、雷鸣、滂沱大雨的云彩，是浅吟悄唱或如泣如诉的溪流，是春天繁花满枝、秋天卸下盛装的树木，是高耸的峰峦，是深沉的山谷，是有时丰饶富庶、有时荒芜萧索的田园。"这段话用于爱情自不必说，但我倒觉得将它用在育德的实践中，也颇为贴切。

当育德成为完美自我的内在动力时，人就会远离迷惘的困境，保持意气风发的状态，得到意想不到的欢乐和力量。说起终身育德这个话题，我们会想起浩若群星的英雄模范，想起为这个国家做着贡献但又默默无闻的平凡而伟大的人，想起身边许多老同志。他们从来不给自己寻找任何理由，以利于社会利于他人为己任，有的尽管年龄很大，可在育德上没有丝毫懈怠。只要细心寻找，就会发现这样的人其实很多很多，仿佛时刻都在我们身边，让我们感到社会的温馨与和谐。激励他们始终保持高尚德行的，是唯美的情操，是利他的力量，是精神境界的升华。

说到精神境界，"孔颜乐处"是儒家追求的最高精神境界，也是中国历代知识分子追求的最高精神境界。孔子周游列国，颠沛流离，困厄万端；颜渊一箪食，一瓢饮，穷居陋巷。这本身并无乐趣可言，但孔颜化解了身处逆境或物质匮乏引起的外感之忧，自得其乐，体悟到一种理性的愉悦。这种快乐，扬弃了外在之物、外弛之心，使自身与天道合其德，同其体。这就是一种值得不断追求的精神境界。

冯友兰先生有"人生境界说"，并且境界说是他哲学思想中最为珍贵的一个部分。"……人所可能有的境界，可以分为四种：自然境界，功利境界，道德境界，天地境界"（《论人生中的境界》），这四种境界是人与周围各方面可能有的四种关系或四种境界。在自然境界里的人，行为是"为利"的，做事情有他们自身确切的目的；在道德境界中的人，其行为是"行义"的，其行为所及的对象，是利他的，是有益于社会公益的。在天地境界中的人，其行为是"事天"的，不仅认识到社会的全，还进而认识到自然之全，因而，做人不但应对社会有贡献，也应对自然有贡献。"天地境界"就是人和天地的关系，亦即哲学境界，这是一种最高、最完善的境界。天地境界过于深奥，我们暂且不论，单说前三个境界，都与育德有联系。

终身育德，也是中国文化和人生智慧所追求的目标、理想。宋代大儒张载的"横渠四句"——"为天地立心，为生民立命，为往圣继绝学，为万世开太平"——充分体现了中国古代思想家的"仁者气象"和"天地情怀"。我们继承中国文化与人生智慧的精髓，正是要在一生的实践中实现终身育德这一伟大理想。

当今，我们理当拿出自信来，从中国文化的人文精神、生存体验与生活智慧中寻找瑰宝，寻找生命力，为当下的生存、现实的关怀、处世的方法、价值的实现、精神的寄托、理想的达成，发挥育德的价值。

终身育德，首先心里需要有阳光。简单地说，就是要有阳光心态，懂得知足，感恩，达观。有了健康的心态，自身和谐了，才能和别人和谐了，同组织和谐了，与社会自然和谐了。终身育德，用这一信条处理周围的事情，人就不会犯愚蠢的错误，就会使自己的日子过得高兴，远离烦恼，受到周围人的喜欢。

终身育德，德伴一生，是享受人生，也是帮助别人享受人生。"赠人玫瑰，手有余香"，大概也是这个意思吧。

2018 年 6 月 27 日

高看一眼与低看一眼

近几天，在微信朋友圈里看到了《人民日报》原副总编梁衡写的一篇短文，《我困惑很久，不吐不快》。开始，并没有在意文章的优劣，等到读完了，才觉得真是不吐不快。文中把炫耀"享受国务院特殊津贴"的现象，分析得入木三分，批得"体无完肤"。不知道这篇文章会产生什么样的社会反响，但我觉得的确是该煞煞被该文所说的精英们的"浮躁"歪风了。

其实，说到底，人在世界上都想得到别人的尊重，有的人默默工作，默默付出，渐渐地被人疏远了。而有的人本来就是"混世魔王"，却"妇孺皆知"，像薛蟠子。大概就是由于这个缘故，"精英们"耐不住了，于是便想出了一个歪主意，在介绍自己时，把"享受国务院特殊津贴"堂而皇之地公之于众，仿佛在说"这回你知道我是谁了吧"。于是看客紧接着就会产生"高看一眼"的"崇拜效应"，好像见到了"真神"一般。

人们崇拜有才华的人是天经地义的，但用这种方法获得别人的尊重，实在又有点太低级。不知获知"精英"大名的看客作何感觉，如果是盲目崇拜的，一定会奉上一大堆恭维话。而自诩为出人头地的"人才"，内心恐怕舒服到了极点。两两开怀，于是皆大欢喜，全不管那些恭维话是真是假。

人来到这个世界上，无非是"名""利"相扰。有的人图利不图名，有的人两样都图，当然也有人是"权钱色"都图的，但不在这次讨论之列。就是名利这两样，也变幻出万千色相，困了多少人的一生。就像《儒林外史》的严监生咽气前，瞪眼看着眼前摇曳的两根灯草，即使嘴里说不出话来了，也要拼着最后一口气示意家人少烧一根灯草。应该说，人为名为利为色也不都是错，但是要有一个尺度，度不足不惬意，度太过则忧至。可就是为了"不白活一回"，多少人"误入歧途"！

人来到这个世界上，从没有欲望到产生欲望，然后在欲望的驱使下慢慢长大。攀比把欲望的泡沫越吹越大。不甘其后本来是好事情，结果到了一些人那里变了味儿，压制、诽谤、两舌、绮语等等，甚至把所有的聪明都当作武器来与对方拼个你死我活，以利于自己登上名利的高峰。让人高看一眼的背后，其实不过是一时的心理满足。最终，也逃不脱一抔黄土的命运。

热衷于让人"高看一眼"，其实就是心里阳光太少，所以才会把各种花环戴在头上进行炫耀。这一点，现代人远比古代人落后。古代隐士多高人，鬼谷子没出来做官，名气却比他从政的弟子们都大。现代人变得浮躁也是近几年的事情，有的人为了出名，无所不用其极，甚至不惜犯罪，也要留下"英名"，本来是想让人高看一眼的，结果是让人低看一眼。不过他们不在乎，甚至出现了反面人物也是个人物的奇谈怪论。这应该就是社会的怪胎了。

　　享受国务院特殊津贴本来是个好事情，可经过自己的无限包装，就变成了坏事情。有的人去了国外，本来是想证明自己的能力和水平的，于是把一大堆头衔搬出来，生怕人家不认可，结果把"享受国务院特殊津贴"也搬出来，弄得外国佬儿们一头雾水，连连摇头——他们不知道"享受国务院特殊津贴"是个什么学位。

　　我很赞成梁衡的观点，"殊不知精英之浮，才真正是社会的危机"。但愿更多的人低调处事，努力工作，否此何以"面对江东父老"？至于别人是不是"高看一眼"，应该随他去。

2017 年 12 月 29 日

缺憾乃人生

人生在世，总有缺憾事萦绕心头。试想开去，缺憾乃人生。倘若事事遂愿，人生的色彩岂不要大打折扣？而且事事遂愿，那是很腻歪的，也是根本不可能的。所以古人有云：不如意事常八九，可与人言无二三。

缺憾的最著名、最形象的比喻是盈月和残月。圆月很美，残月也不差。月如盘和月如钩都屡为世人称道。我们可以试想一下，假如月无圆缺，是不是就缺少了运动的灵气了呢？抬头望明月，总是圆圆的，是不是让人感到单调呢？正如狄德罗所说："如果世界上一切都是十全十美的，那便没有十全十美的东西了。"正因为月有圆缺，才使苏轼的"此事古难全，但愿人长久，千里共婵娟"名句传之不衰。

缺憾是残缺的心理反应。追索不到，心中不平，于是缺憾于求之不得。人生在世，失去的、求之不得的，远比得到的要多得多。到最后，连生命也丢掉了。缺憾自己不能永远活着，可是这样的不缺憾世间没有，因为那是违背客观世界规律的事情。甭说平民，连千古一帝也做不到。秦始皇寻找长生不老药，他找到了吗？倒是让徐福把他耍了。

　　没有缺憾，就意味着事事处处得圆满。这也是违背人生规律的。显然，绝对的圆满就意味着没有追求，没有希望，意味着停滞。

　　有人曾经对我说过这样的话："历史圆满，历史就拉上了收场的幕帘；人生圆满，人生就到了花残叶落之时。"我觉得他的话很有道理。

　　人生路上，人许多时候都是与缺憾为伍的。只不过幼小时欲望不大，感受不强，到长大了，需求多了，求之不得时，各种缺憾也就跟着来了。比如谋求工作，怕"进错行"；有了职业，工程师羡慕演唱家，教师羡慕医生，私企工人羡慕外企工人，畜牧业职工羡慕垄断企业职工等等。就是对自己从事的工作比较满意的人，也有对升迁的不断向往，低职位的羡慕高职位的，就如同科员羡慕科长、科长羡慕局长、局长羡慕区县长，区县长羡慕省部级职位一样，一级一级地谋求高职，达到心理上的满足，还冠以"发展，进步"的美谈。可是，许多的"成就"并不是经过奋斗就可以达到的，往往还需要许多外力。所以尽管有些人具备才能，却不能实现自己的意愿。就是事业一帆风顺的人，也往往仍有缺憾事埋在心底。生活，可能正是一团乱麻。

　　就说事业，奋斗之途也有深谷，正是有深谷才会有高山。要想有所为就需有所不为，有所不为才能有所为。漫漫人生可能只允许某个人在某项事业上孜孜以求，可就是在这个事业中，也是"江山代有人才出，各领风骚没几年"，自己所取得的成就在人类浩瀚的知识海洋面前，实在微不足道。作为一个有成就的个体，多么想继续奋斗下去，可生命局限了他。这样的例子简直俯拾即是。所以要认识到，知识才能和事业奋斗的缺憾，是永远驻守在人间的，在你，在我，也在他。

当我们用正确的心态面对缺憾时，就会发现缺憾是绝对的，永恒的；完美则是相对的，暂时的。完美至极，就像天空永远悬着圆月一样单调，本身倒成了一个残缺。每一个人都会有自己的缺憾，就是一时间弥补了少许缺憾，又会有新的缺憾产生，无止无休。可是，令人心碎的缺憾倘若留在心底，又不能拿到阳光下晾晒，那才是无奈又忧伤的，就像汩汩不断的岁月流水带走你我的年华一样残酷。

换一个角度来看，有的缺憾，也不乏是种幸福的忧伤，是一种甜蜜的惆怅，是一种温馨的痛苦。缺憾让人们沉湎在对昨日悠长的思念中，正是在不尽的思念中，人才能寻得精神的憩园。倘若果然如此，就应该感谢缺憾，缺憾在这时充当的是一种美，只不过这种美里面长满了荒凉，洒遍了凄清。

诚如是，人生就是充满缺憾的旅程。潮湿的夜露，冻成薄冰，把心裹紧。在晚风中抖动的枯枝，变成心弦的颤动。那铺满黄叶的小径，也许正是弯弯曲曲、失落的人生。因为缺憾而感到失落，从人生的开始一路走来，自己所走过的路就是许多失落的汇聚。在路上，有过彷徨的叹息，有过悔恨的哭泣，最终可能化作昏睡中的梦呓。

有人曾经这样叹道："有多少事可以重来？"事实上，大凡过去的事都难以重现，重来。失去的岁月，失去的真情，都会给你留下缺憾。面对缺憾，最好忘掉，把痛苦的心、惆怅的心、甜蜜的心、凄楚的心、苦涩的心，统统换成面对明媚阳光、绚丽景色的欣悦的心。只要不失去生命，便有出走的勇气，便有一次重新开始的行程，便有新的追寻。欣赏人间美景的同时，乘上船儿和时间一起走。

前不久，我读了南怀瑾先生的几部著作，受益匪浅。他在《禅海蠡测》里讲道"亲因缘、增上缘、所缘缘、等无间缘"，讲了"缘生性空，性空缘生"。就是一般老百姓，也常常提及"缘"。有一个故事，说一个人问隐士，什么是"缘"？隐士想了一会说：缘是命，命是缘。此人听得糊涂，去问高僧。高僧说：缘是前生的修炼。这人不解自己的前生如何，就问佛祖。佛不语，用手指天边的云。这人看去，云起云落，随风东西，于是顿悟：缘是不可求的，缘如风，风不定。云聚是缘，云散也是缘。人与人之间的感情也如云，万千变化，云起时汹涌澎湃，云落时落寞舒缓。感情的事如云聚云散，缘分是可遇不可求的风。世上有很多事可以求，唯缘分难求。茫茫人海，浮华世界，多少人能真正寻到自己最完美的归属？有多少人在擦肩而过中错失了最好的机缘？又有多少人做了正确的选择却站在了错误的时间和地点？有时缘去缘留只在人一念之间。

说了许多，已恐不着边际，回到缺憾上来：参透了人生，何来缺憾？诚所谓："莫厌追欢笑语频，寻思离乱好伤神。闲来屈指从头数，得见清平有几人。"

2011 年 2 月 10 日

过年，带着梦出发

过年的话头实在是太多了，如果把历史上记载下来的所有关于过年的文字集成一部大全的话，可以肯定那是"相当"厚，更何况民间还有仅在口头流传的丰富内容，并且至今仍在不断丰富。单是过年这个"话头"，就是一部难以尽述的巨著，甚至不能猜想这部书的厚度。随着日月流转，这部书还在人间续写，扩充，作者包括你、我、他。

有人考证过，"年"已经有4千多年的历史了。1913年前，春节是为"元旦"，亦称"过年"。虽然春节的称呼在历史上早已存在，但所指的是24个节气中的"立春"；南北朝的时候，春节则是指整个春季。1913年7月，当时的北洋政府内务总长呈上一份四时节假安排给大总统袁世凯，称："我国旧俗，每年四时令节，即应明文规定，拟请定阴历元旦为春节，端午为夏节，中秋为秋节，冬至为冬节，凡我国民都得休息，在公人员，亦准假一日。"自此，过年和春节就合二为一了，且带有了官方认可的意思。

还有传说，认为"年"是古代的一只四角四足的恶兽，叫"夕"。人们为了避之，采取了许多办法，后来演变为燃放烟花爆竹驱之。

关于过年的诗词也极多，脍炙人口的比比皆是。古人关于春节的诗词首推宋代王安石的《元日》："爆竹声中一岁除，春风送暖入屠苏。千门万户曈曈日，总把新桃换旧符。"这首《元日》历来都受到人们的推崇，成为千古传唱的佳句。这首诗通过对新年元旦新气象的描写，抒写了自己执政变法，除旧布新，强国富民的抱负和乐观自信的情绪。全诗文笔轻快，色调明朗，眼前景色与心中情趣交融。唐代孟浩然的《田家元日》也很有深意："昨夜斗回北，今朝岁起东。我年已强仕，无禄尚忧农。桑野就耕父，荷锄随牧童。田家占气候，共说此年丰。"著名的革命家、教育家林伯渠的《春节看花市》则大写春光无限："迈街相约看花市，却倚骑楼似画廊。束立盆栽成队列，草株木本斗芬芳。通宵灯火人如织，一派歌声喜欲狂。正是今年风景美，千红万紫报春光。"

前人之述备矣！我只想说在"总把新桃换旧符"的时候，除了欢喜快乐、礼尚往来、互相祝福，似乎还应有点别的东西，让每一次的"过年"都有新意，过得有滋有味，那就是"带着梦出发"。

过年，带着梦出发，首先提醒人要珍惜时光。人生常常是"年年花相似，岁岁人不同"，少年人欢乐成长，年轻人变壮成熟，中年人觉得岁月如梭，老年人感叹夕阳晚照。记得有一句名言："生命如铜钱，每个人高兴怎么使用就怎么使用，但一个铜板只能用一次。"其实不管是谁，每一次过年，应该都有一个全新的梦。

过年，带着梦出发，应把梦设计得美好务实一些，通过努力可以实现。既然是追求美好，就需要认真地筹划，然后脚踏实地去做，不弛于空想，不骛于虚声，用求真的态度去做踏实的功夫。

过年，带着梦出发，还要勇于承担责任。往大了说，是对国家的责任；往小了说，是对家庭的责任，是把对幸福的新的诠释变为现实，甚或是对自己乃至亲人负起健康的责任。责任处处都有，时时都在，重要的是履责。通过言行一致来增加诚信，美好自会在眼前。

带着梦出发，还要再创造。也就是通过自己的聪明才智，去创造更多的财富，实现更高一层的知识积累，为生活增加正能量。在实现自己的人生价值的同时，着眼并且推进社会的进步。带着梦想出发，关键的是"充电"。只有不断地增长自己的才干，才有事业的辉煌，才有生活的丰富多彩。

带着梦出发，人亦会乐观通达，充满活力。困境中也能见到光明，失望也会变成动力。千万不要轻言放弃，坚持你的想法，相信你的梦想，生活才会充满阳光。当天空绽放色彩绚丽的烟花时，那个梦的旅途就已经开始了，这时，璀璨就化为了希冀，只要不轻言放弃，你就会摘下那朵美丽的成功之花。

过年，让我们带着梦想出发，在《北京画廊》的甜美歌声里放飞，在"世园会"和"县景合一"的愿景里阔步！在"中国梦"的氛围里意气风发！

带着梦出发，吉祥如意、健康快乐将时刻与我们同在。

2013 年 2 月 4 日

美丽与欢喜

人世间有太多的美丽，也有太多的欢喜。而且美丽和欢喜如同一对伉俪，谁也离不开谁。

当你看到美景的时候，心里便会产生愉悦，这时候美丽就变成了欢喜。当你得到别人的帮助的时候，所产生的欢喜也就变成了你眼中的美丽。由此说去，美丽和欢喜还是情感体验，是一种"互相赠予"。

自从妫水北街路东增设了"延庆榜样"宣传栏之后，我已经在此无数次驻足，并被深深打动着。刘斌堡乡上虎叫村农民韩凤英，10多年照顾同村两名老人的事迹，很是为人称道。这两名老人都是孤寡，生活上不能自理。"老吾老以及人之老"，她每天都要到两名老人家里给他们做饭，洗衣，打扫屋子，烧炕和喂药。10多年后，她也年过古稀，但仍然坚持着。她抄近路走荒地，竟然走出了一条路。两名孤寡老人成了她的牵挂、她的"特殊家人"。由于事迹突出，她被有关部门评为"身边雷锋——最美北京人"标兵，荣获"首都精神文明建设奖"，登上了"中国好人榜"。张山营镇姚家营村农民姚焕丽天生眼疾，看不见色彩斑斓的世界，可她却找到了美丽。她告别了低沉，爱上了音乐，并和丈夫一起卖菜养家。逢人来买菜，她都要送上几个大辣椒，日子久了，人们就叫她"辣椒嫂"。她从中受到了启发，竟然办了"辣椒宣传站"，打开了自己人生最美的一扇窗。受到这些故事的感染，我找了一位在精神文明办工作的熟人，她连续发给我三十多位延庆榜样的情况介绍。我一面读一面被深深被感染着。

毋庸置疑，人生是美丽的，尤其是青春年少时节。从某种意义上说，美丽，是一种珍宝，它愉悦人心，陶冶情操。美，可以穿越时空，可以逾越生死，可以感动天地。韩凤英、姚焕丽的故事，说明美丽也不仅仅是青年人的专利，人生的各个阶段，都可以长出美丽。美丽的内涵也就无限扩大，换个角度，换个审美方式，随你怎么去做，都可以找到曾经有过的或者正在绽放的美丽。然而，只有美丽转换成他人的欢喜，那才是大美，或者说是美丽的真谛。

自然界的美丽是不用诠释的，它是"天然去雕饰"。但天然的美也需要人的意识来衡量，否此，美丽亦非美丽。有了意识的干预，才会有多彩的人类世界。美丽作为自然界的恩赐，才会走进了人的心田。在许多情况下，美丽是一种惊艳，是一种姣好，有时也是一种凄清，所有斑斓的折射，都会在时空里释放各种魅力。世间有万物，就有万种的美丽，或者是无尽的美丽。然而更确切地说，美丽不仅是感官的欣赏，更是心灵的感受，美丽甚至可以囊括万事万物，只要有美丽的心存在，"人间何处无芳草"！

欢喜与美丽结缘，美丽便在欢喜那里找到了归宿。美丽广泛存在于时空，但如若没有欢喜，美丽就是苍白的。比如凄清的美，没有欢喜，美的价值也就打了折扣。这样说去，人的心里蕴藏的美应该是积极向上的，唯有正方向的美，才是"天人合一"的美。而人格的美更是跃居"天人合一"之上的可贵的美。

沧海横流，世事纷纭，悲喜无常，站在历史的云层看人间，美是"人间正道"的核心，人能够始终坚守崇高的价值理念，那就拥有了一份大美。翻开历史长卷，"救民于水火"，为民"铁肩担道义"，"鞠躬尽瘁死而后已"的人比比皆是。他们表现的大美是让人人幸福，处处和平。毛主席的一句"为人民服务"把这种大美的品格推到了极致，成为中国共产党的宗旨。正因为这个宗旨，鼓舞了几代奋起的人，我们的国家才向着"立于世界民族之林"的目标一步一步走向繁荣富强。这种大美走进谁的内心，谁就是时代大美的实践者。

另外，美丽还是一种气概，一种"刺破青天锷未残"的气概，是一种百折不挠的精神体现，是雄浑的美。毛主席在秋收起义兵败的危急关头，果断做出进军井冈山的决断，摸索出了农村包围城市的中国革命道路，体现出的是一种无与伦比的气概和非凡的领袖气质。几十年来，中国人民在党的领导下，坚定信念，把自己的力量奉献给社会和民族，也是一种气概。人民创造了历史，人民蕴藏了巨大力量，这种改造世界的力量，又何尝不是一种气概！这种正能量的气概产生的骄傲和欢喜耀眼于时空。"厉害了，我的国！"这就是民族的大欢喜。

　　具体到个体，美丽和欢喜在生活中，无处不在。如果从"和谐"的角度去理解，美则是一种率真和自由。世间纷纷攘攘，红尘滚滚，只要有博大的胸襟和深沉的超越意识，就能牵着美丽的手愉悦行走，悟到情致处，或能发现美丽的内涵和蕴藏的意义。"万类霜天竞自由"，或可说是一种带着超越感的主观审美体验。

　　从道德方面讲，美丽说到底是一种修养，是勤以养德的美，而养德需要正意，正身，正言。孔子说："君子食无求饱，居无求安，敏于事而慎于言，就有道而正焉，可谓好学也已。"修身在养德的意义上是最重要的。"吾日三省吾身"是修养或者说是养德的真实写照。孔子的学问的中心也是"养德"两个字，这两个字影响了中国数千年。有了大德，就有"赠人玫瑰手有余香"的欢喜。

　　其实，说了许多，美丽、欢喜的含义远不止于此，一切美好的事物皆可以称之为"美丽"，皆可产生欢喜，一举手一投足，一颦一笑，只要是善意的，都是美丽，都有欢喜。因此，美丽是心态，是奉献，是付出，是善良，是大爱无疆……欢喜是流露，是满足，是报恩，是豁达……美丽的层次不同，欢喜的层次也不同，范围和影响也都不同；可慰藉他人的程度不同，但护卫纯洁的心灵是相通的。大千世界，美丽难穷尽，欢喜无穷尽。至于出于阴暗心理、精于算计的"窃喜"和"欢喜"则另当别论。

　　美丽让人惊叹，欢喜让人温馨。洒脱处世，可以感受到美丽的冲击；释放真诚，可以让欢喜萦绕在周围。美丽和欢喜伴随着你，就多见赏心悦目，就可以在人生的舞台、在自己拥有的短暂时空谱写出惬意华章。不要去管这个华章别人能不能读到读懂，只要自己有兴味，就是没有虚度时光。

2018 年 1 月 2 日

莫名的莲花

世人多爱莲花，究其原因，多是看中了莲花清逸的品质。不仅合了文人的性情，也符合喜爱高洁之人的性情，其间包括看破人间事儿的各种人们。自从周敦颐写下《爱莲说》之后，莲花越发受推崇，"出淤泥而不染""濯清涟而不妖"成了人们在道德品行上的追求，也成了远离纷扰的一种自赏。加之佛家性灵明空，佛祖坐莲台踏莲花手持莲花，莲花就不仅仅是高雅清逸了，而含有"无可说，不可说"的意蕴。

佛门独爱莲，俗人趋之若鹜，赏爱莲花的内涵也就渐渐扩大，似乎各类的语评都难以把莲花说透。当莲花成为性情追求、精神寄托和清雅气质的代名词后，质本洁的情调也就飘荡开来，洗濯心灵。

"小荷才露尖尖角"，是一种清丽的含苞待放的美，美得让人心里发痒，有人甚至觉得这比盛开的莲花还引人关注。其实，还是盛开的莲花娟秀媚人，花的颜色暂且不说，单是那些花瓣，便娇容鲜亮柔嫩欲滴。张开的花瓣极其柔润，每一个花瓣又都以优美的曲线悦目于人，而众多的花瓣聚拢在一起，似舞蹈，似欢聚，简直就是天地灵气所钟。莲花的种种美深入人心，种莲赏莲也就历时不衰，更何况莲花还有众多实用价值。莲藕似美人玉臂灼人眼目不说，还富含营养，清脆而多汁，用来做汤、炒菜俱佳。中秋月饼加上莲蓉，堪称上品。人们喜爱莲花，但个中原因却难以说得详尽，最终落得"不可说、无可说"了。

种莲养莲赏莲的人多了，莲花的品种也逐渐增多。有人说中国莲花品种分为 3 系、50 群、23 类及 28 组，不可谓不多。若按单瓣多瓣红莲、粉莲、白莲、黄莲、青莲，甚或按"笑脸模样"再林林总总地说下去，非洋洋洒洒难能尽数。

莲花在中国有较深的文化渊源，在这方面，中国文化体现了它的博大和包容。佛教传入中国后，莲花即开始备受人们敬爱。莲花所居之处称为"莲界"，佛经称"莲经"，佛座称"莲座"或"莲台"，佛寺成了"莲宇"，僧舍也成了"莲房"，就连袈裟都成了"莲衣"。可见文化的融合加深了人们对莲花的喜爱，文人墨客写诗作赋感叹莲花的美丽，自然也就顺理成章了。古人"接天莲叶无穷碧，映日荷花别样红"的诗句已把莲花的美写到了极致。《爱莲说》的传世，更是写尽了莲花的高洁品格。以莲花为题材的各类佳作风行于世，千年来盛传不衰。

我居住的地方不远有经过修整的莲园，盛开时一片艳丽，自然少不了蜂蝶眷顾留恋。但因为各种缘故，我却很少去拜访"她们"，偶尔路过也是行色匆匆，任她们自顾自地绽放。

忽然有一个日子，我来到了野外的一个池塘边，没想到的是池塘里竟有一株莲花。莲花孤零零地开着，尽管周围的环境没有经过"治理"，可她依然脸望长空，尽显颜色，正应了"出淤泥而不染"那句话。我的第一感觉是好奇，为什么荒野的池塘里会有莲花，是好事者故意为之还是有其他别的什么缘故？不能得知，于是便对莲花惜怜起来。诚所谓：问莲根，有丝多少，莲心知为谁苦？也是的，一个池塘只有一株莲花，生长时只有野风相伴，如何不让人为之叹息？！可看起来莲花并没有变得压抑，也许眼前的这株红莲已经看透了日晕月华、云卷云舒，坦然地把忧伤转换成了柔美和光泽。不然的话，她的脸庞为何一星泥土都没有？也许就是这样的随遇而安，才能体现美丽的价值。

池塘里的水不是很清澈，但也不是很浑浊，蛙鸣从池塘边的草丛里溢出，倒也让莲花不再寂寞。最可欣慰的是有小鱼摇着尾巴游到了莲花的身边，一会儿亲吻莲茎，一会儿藏到莲叶下，在水面画出涟漪。莲花想必也是欣喜的。莲花没有拒绝这些小生灵，小生灵们也没有嫌弃莲花的存在给她们带来什么不便，也许就是这样淡淡的相遇、交流，让她们产生了互动，体味到了激动、惜爱和幸福。其实，这也是一种浪漫的展示，只是太过于单纯，季节的风雨过后，恐怕谁也不会再记得这株莲花谦卑的青春。但或许，她本来就没有感受到天之所赐有什么不公平。

池塘边的一块石头上，坐着一位画莲的人，不知他是怎样找到了这里，又是何时抵达这里，但我想，画莲人与莲花一定在此之前便相遇过。那个人不老，但神态过于专注，眉宇间蹙起的疙瘩里仿佛聚纳了太多的哲学思辨。我想，画莲人把情感运用到了笔端，画布里的莲就会与众不同。真闹不明白，在照相技术、手机影像如此发达的今天，他还拿着画本来临摹，省却了先进手段而不用，岂不可惜？可是幡然一想，也许只有画莲的人读懂了水中的那株莲花。

我凝视着莲花，仿佛嗅到艳而不妖的她释放过来一抹清香。粉红的花瓣层层展开，花心的部分尚未袒露，好像仍然舍不得张开昔日的层层包裹。张开的花瓣虽然满溢着微笑，但仍缺大胆，即便这样，她的梦已在花瓣的彩色条纹里向外飘荡。目视其美，真想把我的一份感慨传递到莲花的心里，甚或化成轻风，在莲的裙侧泛起涟漪。新莲无论如何都是招人喜欢的，赏荷的人，大多都不想让莲花年轻的心等候得太久。

下雨了，零散的雨滴开始濡湿那张可爱的脸庞，莲花顷刻间便开始低唱。她是不是在长歌自己的寂寞和渴望？静视了片刻，忽然感到莲花并没有忧伤，她在风雨里摇曳，分明是在释放某种人所不能理解的东西，是品质，是情趣，还是清秀？

找不到答案的我悄然隐退，希望莲花原谅我的冒昧，没有招呼也没有道别，但我相信对面的她应该已经感知到了我的淡淡怜惜，否则她不会化雨滴如泪。有道是："脸腻香薰似有情，世间何物比轻盈。湘妃雨后来池看，碧玉盘中弄水晶。"不知今日之莲在雨后会是何样晶莹？是否会觉得经历了最动心且又最美的时光？我要说的是，无论在哪里走近莲，都不该忘却在野风和冷雨里摇荡的那朵莲。

画莲的人没有走，即便是湿了衣服也没有起身，那种专注的表现似乎在证明，只有他，才称得上是孤莲的相知。我能这样想吗？此时此刻此情此景，只愿莲花开得久一些，不要因为孤独而过早寥落。

又过去了许多时日，那次见到的莲花还镌刻在记忆里，情知不会再相逢，偏又不时地记起。试问，莫名的莲花，是否知道，有一位莫名的过客与你有过相遇，虽然只是轻轻地走过，梦幻的网却拴住了他怅惘的灵魂，叹息没能近距离欣赏你的清雅，还要感叹那不经心的别离。

莫名的莲花，是一道永远让人思索的命题，你默默无名，却静静地给予了世界美丽。你的"苦行"并快乐着的神态给了人无言的启迪，也给了与你邂逅的人顿悟，可又有谁，能够真的缩短与你神交的距离？

两别离，几多愁绪，何时能够执子之手，让梦里的期许不再是缥缈的云烟？

然而，盼望的结局还远远没有结局，火花熄灭时，一切仍然随着时光悄然散去，可苦涩的缘起还在纠结着，被人埋在了心底。

美丽的凌波仙子，多么希望你能回到芙蓉国里去，因为在那里有属于你的夏季，你可尽情地张扬自己。祈愿轮回后的你，继续流出率真的琼浆，在人间尽情铺展美丽。如果是这样，画荷的人也不会因为你泼墨一片唏嘘。

莫名的莲花，苍茫间我与你的真情对话，你是否已经领悟？其实你该知道，与其承受孤独的蹂躏，倒不如把凄苦变为解脱。我也知道，你的寂寞和怅惘里有太多泪的储蓄，而我要说的是，不要再让八面来风搅扰你的心情，从今往后，你只要拨动沉默的弦，面向曦光，就能弹出动人的新曲。

期待着，祝福着；远远地期待着，祝福着。

2016 年 5 月 25 日

揖别惆怅寻清丽

惆怅，是人失意时的一种状态。

人生失意的事情，难以面对、启齿、疏解的事情很多，每每处于这种情形之下，人就会产生失落之情，甚至心底哀婉，情绪迷乱。有的人在惆怅的影子下久久徘徊，付出了昂贵的代价：身体的不适、情绪的冲动、行为的失控，乃至采取荒唐行为、极端手段来冲破怅惘的藩篱，把自己和别人都折腾得够呛，甚或造成无可挽回的损失。

细细想去，为什么会产生惆怅？既有内部的因素，也有外部的环境作用。有的则完全是因为受了欲望的驱使，在迷途难以归返。

比如挣钱，谁都梦想得到大笔的财富，不仅可以享受无忧无虑的富足生活，还可以颐指气使，赚足面子。可是偏偏钱很难挣，所得与付出不能成正比，于是心情就低落，就灰暗，哪怕是阳光灿烂，也觉得无聊、艰难、凄清。人从懂事的时候起，就有了追求幸福的愿望，很多人甚至把有钱当作唯一的目标。他们艰难地跋涉在挣钱的道路上，期望幸福很快到来，最终幸福还是离得很远。于是望洋兴叹，产生了浮躁情绪。浮躁过后就感到世间的不公平，自己无能为力，就心生惆怅。其实在一开始，把自己的目标定得低一些，这样人会好过很多。这时就该反问自己，是不是贪婪了一些？

比如爱情，谁都希望得到人生真爱，在温馨的港湾享尽人生的快乐。有人曾经慨叹：人生得一红颜知己，足矣。正因为如此，人们都在努力地追求着，奋斗着，期望能够获得真爱，但却永不满足。有的人本来已经得到了挚爱，可躁动的心灵还未平息，硬在"秋波"上泛起波浪，荡起移情别恋的小舟，乐哉优哉。其间有明目张胆的，有暗度陈仓的，有单相思的，也有双方都相见恨晚的。个中原因恐怕复杂得很，尤其是感情这个东西，人类总在不断地进行探究，并且总有新的发现。不论如何，有了爱人，心还是不安定，都不能说是负责任的表现。

比如事业，谁都想在前进的路上一帆风顺，在不断攀登的过程中找到乐趣。偏偏社会很复杂，关系很微妙，人情很厉害，就是在同一起跑线上的人们也未必能共同进步，倘若因为能力差、条件差那还没有话说，偏偏能力优、品质优的人反而被挤得无路可走。更有甚者，能力德行都很好，就是背景不够鲜亮，城府不够深，人缘不够好，金钱用得不够，于是被人排挤下来，终于落得个白忙活，让人十分气恼。谁都想取得事业的成功，但事业的成功是有选择的，就像员外嫁女一样，绣球抛下的时候，你都不知道在哪儿，还幻想什么机会？岂不是天大的笑话。《西游记》中的状元得到了绣球，那是观音菩萨的安排。

世间万象，让人惆怅的事情太多太多了。你沉湎于惆怅，则天天都是阴天，条条道路都泥泞，还活不活？有一句话说得好：别跟自己过不去。

惆怅不可取，但完全不惆怅又不可能，倘若惆怅来"眷顾"，那就争取主动，礼貌地和惆怅告别，让惆怅在最短的时间里离开自己。调节的方法很多，主要还是积极地调控情绪，开阔胸襟。所谓：心底无私天地宽。

挥别惆怅，要回归简单自如的生活态度，切不可把原本简单的事情搞得很复杂，致使自己的心情也随之沉重起来。在工作中遇到挫折时要平心静气，世间并不是只有当官一条路，试着闯出自己的天地，当不当官就不那么重要了。挣钱不多也不要怨天尤人，身体健康了，"天生我材必有用，千金散尽还复来"。世界上的钱多了去了，你根本挣不完，赚不尽。再说了，钱多了也许又会生出别的事情来，又会增添新的烦恼，其中不乏祸事。若有了爱恋的苦恼，也不要神情沮丧，两情若是长久时，又岂在朝朝暮暮。就是终成眷属，也不可整天耳鬓厮磨，那样会很乏味的。美丽不在于拥有多少，而在于会不会去欣赏，欣赏美丽而不占有，往往会是另一番境界。

挥别惆怅，要谈看人事，凡事要用平常心去审视。人生得意时要防止忘乎所以，失意时要接受自己。倘若得意时颐指气使，不可一世，结果一定不妙，有时后悔都来不及。倘若失意时沉沦，陷于挫折的泥潭不能自拔，那就是跟自己过不去，空让别人，尤其是幸灾乐祸的人看了笑话。

　　揖别惆怅，重要的是别看高了自己。人们常说："你以为你是谁？"你就是一个普普通通的公民，别人和你并没有什么不同，只是你的机遇可能比别人好，所以显得你比较突出。如果得意时便高高在上地俯视他人，用看不起的眼光、话语对待人家，将来很可能会发生戏剧性的变化，"千古帝王今何在？野草荒冢共一丘。""旧时王谢堂前燕，飞入寻常百姓家。"世事变迁，沧海桑田，人所难料。人生在世，得意忘形不可，没有自信自尊也不可，关键是无论顺境、逆境，都要理清思绪，能够自觉地在纷扰中寻到一片净土，这样，浮躁的心就被笼住了，就会回归到淡然。

　　揖别惆怅，忘却烦恼，不要背包袱，要淡看自己的成功、荣耀，该忘掉时就忘掉，这样才能轻装上阵，寻求更大的成功。对烦恼和遗憾，过去了就让它过去，不要再去回味。对一些属于个人的恩怨，不要过分计较，能看淡一些的都要看淡。做了好事不要寻求回报，别人对自己做了"坏事"，要淡化矛盾，尽量消除相互间的芥蒂。有道是"历尽劫波兄弟在，相逢一笑泯恩仇"。要知道，万千往事都不过是过往云烟。

　　揖别惆怅，要抱着积极的态度对人对事，既要学会处变不惊，又要做事精明干练，既能透视纷乱的事情，又有广阔的胸怀，这样就能顺其自然，进退从容，神思逸飞，心中的那种清丽就会变成广大的澄明，就会于浩渺处看云卷云舒。

　　揖别惆怅，你能做得到么？

2008 年 10 月 23 日

房子的变奏和咏叹

40年的改革开放为中国带来了很大变化。如果有人来问，改革开放40年，你感触最深的是什么？我会不假思索地告诉他，是房子。如今，很多人只有在记忆里还保存着老家的模样，有条件的，或许能在旧照片里看到遥远的老家。说是老家，也就是那栋老房子，从百年前走来，风烛残年，带着无奈，带着执拗，也带着些许凄凉。因为刚刚翻身解放的人们，忙着改变一穷二白的面貌，还没有力量改善居住环境，不是不想，而是没有能力。因此只能勾画出一个美景：到了共产主义，按需分配，楼上楼下，电灯电话。

从我记事的时候起，我就知道山沟沟里那三间破土房是我的家，其实这不只是我的家，而是老少三代十多口人的家。那是爷爷的爷爷留下来的祖产，墙是用石头垒的，墙外表一层一层地抹泥，直到看不到石头的棱角。时间久了，泥皮太厚，就大块脱落，像一块块伤疤。房顶是高粱秆，被烟火熏得极黑。窗子是条状的，共有三扇，由于年代已久，前倾后仰，根本开不开。就这点祖产还"供不应求"，三间土棚房由爸爸和叔叔两家居住，两家人共走一个堂门，一家五六口人躺在一个大炕上，翻身时还要格外小心。那时的冬天特别冷，苍黄的天底下匍匐着几排土房，横七竖八，犹如几个衣衫褴褛的乞丐蜷缩在山沟沟里。一刮北风，老鸦呱呱地叫，到了半夜，时常有狼靠近村子，引来全村的狗一阵阵狂吠。为了取暖，家家准备了火盆。火盆是用泥捏的，冷了，就用火筷子捅一捅，那薪火一闪一闪，一丝青烟细细地悠悠地在屋子里转，清贫的温馨之中总夹带几分苦涩。不仅老房子破破烂烂，粮食也不够吃，接不上顿了，就得到生产队借粮。生产队的粮食也极有限，有时队长狠心把种子粮借出少许，好让人们度过艰难时日。生活艰难，可那时人们的干劲极大。

20世纪70年代，农村出现了盖房热，木材的价格也扶摇直上。这时盖房虽脱不去贫穷的外装，但总比老房子好得多了。大凡人家盖房，总要讲究四个"砖腿"、两个"硬山"，窗台也是砖面的，窗格里则是一水儿的玻璃。而且房内面积达，宽敞明亮。不仅如此，大多人家新房盖成，都要留两间"掏空"大炕，在炕上铺满柔软的被子。小孩子在炕上折个跟头，心里别提多高兴了。

我是1979年才盖了房子的，那是改革开放后的第一年。吸取别人家盖房的经验，新盖的5间北房是"五檩四挂"，这在城里本不算什么，可在山村就气派了。为了盖房子，要去20里以外的深山老林扛檩抬柁。几个人走在山道上，檩和柁占了好路，人则在路边忽上忽下，脚底发颤，最担心踩空脚，摔倒蹭伤。那时不管干什么都靠背负或肩扛。房顶是用榛子板条制成的，为了割榛条，半夜就上山，割了榛条再背着下山，就盼走一段平地，如果找个坎儿或大石头歇一下，那就是最痛快的了。回到家，衣服全被汗洇湿，风一吹，便出现盐渍纹。这样 5 间房盖下来，二三十岁的人变成了小老头，可就是这样，望着新盖的房子，心里还是美滋滋的，常常一个人偷着乐，哼小曲都不走调。

八十年代，盖房热仍然没有降温，那时只要外出，就会碰见盖房子的。一年四季地盖，似有盖不完的房子，好像村村都有许多青年男女等房子结婚。不过这时的房子又升格了，砖腿硬山变成通体二四砖墙，不用前檩而用水泥打过梁，窗子是玻璃，有钱人家用铝合金，并已粘贴瓷砖，很风光。盖出的房子不仅漂亮采光也好。也就在这时，向城镇移民的风潮悄悄开始了。

紧接着，九十年代出现了城镇楼房热。当人们住上两室一厅的楼房时，就切实过上了"楼上楼下，电灯电话"的生活。屋内装修越来越豪华，装修材料更新换代越来越快，有的人家已经开始羡慕别墅洋房了。这时正应了那句老话：芝麻开花节节高。有人说发展太快了。也有人说早该这么快的，只因欠账太多了。

时间催着我们奋进，脚步一经放开就停不住了。到了 21 世纪初，农村人纷纷往城里奔，盖楼的、住楼的，你来我往，小县城一天天在扩大，在增容，原来老街道变宽了变直了，商店如雨后春笋。几十栋新楼房组成了一个社区，到了 2010 年，仅仅在延庆镇，就有了 24 个社区。2011 年后，人们发现农村最有田园生活的潜力，可以陶冶性情，便开始在农村发展。先是几个城里人来投资购地建房，后来村里外出的人也发现农村发展的前景。受到启发的村里人当然也不肯落后，于是出现了农村新一轮的盖房热。不过这时盖的房子已经很少有平房了，大多是楼房，像小别墅。样式风格繁多，一栋比一栋好，设施一栋比一栋健全舒适。如今在农村，在延庆，已经看不到哪个村没有楼房了。更让人吃惊的是，有的村庄已经提前实现"城镇化"，几乎家家都是崭新的别墅。大庄科乡的铁炉、沙门，别墅联排错落，把山乡装点得格外迷人、格外美好。

房子变了，内部设施也发生了根本性变化，家用电器智能化，不少家庭就连马桶也智能化了，这在几十年前想都不敢想。

尤其让人心潮激涌的是，延庆被选为2019年世界园艺博览会和2022年世界冬奥会的举办地。延庆正在加紧建设，改善居住条件，美化城乡环境，敞开胸怀的延庆将会把美丽诠释到极致。

几十年来，我们看到房子的"一路沧桑"，看到激情释放的光芒。是的，我们从简陋和贫穷走来，走过艰辛，走到舒坦，还要走向宽广。而今，改革开放之船将承载我们驶入实现"中国梦"的新征程。

2018年5月15日

祖国，我与你同行

中华人民共和国成立 70 周年，我与祖国同岁，我与祖国同行。

我的老家，背靠燕羽山（海拔 1247 米）。在儿时的记忆里，山是光秃秃的，那些裸露的崖石就像龇牙咧嘴的怪物。山上凡是可以用来做饭的，都被人像剃头一样割掉了，进了家家户户的"灶火堂"。家里土改时分得了几亩地。春天，母亲带着我去地里干农活儿，就告诉我哪些野菜可以吃，我很快认识了"曲麻菜（苦菜）""波波丁（蒲公英）"，后来认识的野菜越来越多。地里主要种高粱，磨成的高粱面吃起来很涩，也种一些谷子，但产量低。菜是极缺的，顿顿以大咸菜来下饭。旧中国的贫穷像疾病一样隐伏在无数人体内，亟须名医来调养诊治。

后来，村里办起了合作社，国家对粮食实行统购统销，除了吃高粱面、小米之外，吃的粮食还有莜麦面，故乡当时隶属河北省，莜麦面自然也是国家配给的。不管怎样，在吃的上面，已经开始好转。可吃上一顿白面饺子，那就是非常奢侈的想法了，平时甭想，年根也许能行。吃饭时小孩子如果不小心摔了碗，就会挨打。所以那时到地里干活，碰到"达达碗"花，尽管很漂亮，但谁也不会摘，因为怕吃饭时"打碗（不小心摔坏）"。当然，这是迷信。中华人民共和国成立之初，真的就是一穷二白，老百姓苦了几千年。现在的影视剧描写旧中国，吃穿住行都按当今的状况去设想，简直是对国人的贫穷历史所知甚少。

那时，村里的所有住房都是石头垒的，高粱秆儿做薄（屋顶）。不管是几间房，连一块儿砖也没有，一个炕要睡五六个人。"家具"更简单，有的家里置办两节板柜，有的人家没有板柜，就把穿的用的都放在土炕上，有的人家连铺的炕席也买不起，就糊一层报纸或牛皮纸。冬天取暖靠"火盆"。谁家篱笆门外面有一垛柴，就成了这家人日子"好过"的标志。大人们一个人也就一两身衣服，小孩子穿大人剩下的，或者把大人衣服改改。没有手绢，小孩子擦鼻涕就用衣袖，弄得衣袖腌臜得很。大人们出门"座席"，因为没有像样的衣服，就要舍脸到村里稍微穿得好一点的人家去借，"座席"回来赶快还给人家。"座席"时还要考虑到家里还有人没能吃到席面上的东西，就趁人不注意用事先准备好的一块布包起来，赶紧装进大夹袄里，带回家给没"座席"的尝尝。那时候，有的人到了五六月（阴历）还换不下棉衣服，窟窿处露出的棉花就如同沾了羊粪蛋蛋的羊尾巴。那时，人们外出靠双腿，条件好些了就骑毛驴，到县城还要带上牲口草料。出门时要到稍微富裕的人家借"捎马子"（搭在肩上的布口袋），显得不丢份儿。

1959 年，村里开始办食堂。开始时饭菜管够，后来不行了，浪费严重，就按人头、按劳力分饭菜。再后来食堂开始发"代食品"，所谓"代食品"就是棒胎子面（用脱掉玉米后的棒心儿磨成）。尽管那时日子过得清苦，可人们的思想很纯洁，干活也充满了劲头。那时，诈骗的人没有生存的土壤，犯罪的人极少，当然这和人口流动也有关系。但在当时，"路不拾遗，夜不闭户"绝非虚言。村里人也会想"楼上楼下，电灯电话"到底是个什么样子，谁也没见过，但大家都觉得很好而且肯定能实现。

20 世纪 60 年代中后期，因为有了自留地，吃饭的问题有所好转。至于身上穿的，大人小孩渐渐告别"大襟袄、大裤裆裤子"。县城开办了"信托商店"，常有人到县城买"估衣"，解决一家人穿衣问题。70 年代中期，衣服件数稍有增加，初步达到可以换洗的程度。年轻人穿内衣，穿绒裤不再新鲜，"的确良"布料风靡一时。女人时兴花头巾，后来改成编织的粉色毛围脖。出门骑自行车的多了，县领导机关开始有一两部吉普车。县域内大部分乡镇还没有公交车，到北京（北郊市场）也只有两趟公交车。车子走的是砂石路，车行至关沟时还要加水，到延庆需要两个多小时。后来，原在县城东门口的汽车站搬到了新址，车辆开始多起来。

70 年代末，农村出现"盖房热"。那时村民需要盖房，写个申请经过大队批准，然后报公社"备案"即可，不收宅基地费。那时盖房首次出现"砖腿""砖山尖""砖窗台"，窗户采用"上开下瞭（玻璃）"样式。因为盖房是大事，一家盖房全村人都来"帮工"。"东家"只管吃喝就行。只有木匠收工钱，因为木匠干的时间长，而且跨村请来的木匠需要用现金到所在的生产队"买工分"。乡情淳朴，谁家盖房都有人"帮工"，最多时二三十口人，凡是来的人都卖力气干活。有的人到了中午吃饭的时候，找不到了，原来悄悄地回家吃饭了，让人很过意不去。

80年代，人们的生活状况迅速改善。在穿戴方面，年轻人开始讲究时尚，戴墨镜（墨镜的镜片上要带商标）、穿喇叭筒裤子是"与时俱进"，女青年烫发、涂口红、戴耳坠、穿连衣裙较为普遍，曾经一度时兴的方格子上衣"隐退"了。有工作的时尚男青年喜欢穿四个兜的呢子中山服。至于村里的人，不管上了年纪的还是年轻人，大都不再穿"甩裆裤"，改穿"制服"了。房子全部改成砖瓦房，叫作"硬山到顶"。不过"帮工"的少了，因为生产队解体，一家一户"单独结算"，所以请人干活儿是要主动付工钱的。

80年代中期，电视机、录音机才开始在农村出现。一台彩色电视机的价格等于五间北房，只有"万元户"享受得起。1983年，我已经调到县城工作4年了，在乡亲们眼里，属于半农半非的"公家人"。就在这一年，我才买了一台手提录放机，当时村子里很少有人买。买了录音机我很高兴，常把声音调得稍大一些。村里人知道后，纷纷来看，说这个东西不赖。我的心里自然很美。没过多少日子，我又添置了沙发，是从北太平庄市场那儿买的，托人情给我运到县城的工作单位，我又找村里的大马车运回来。那天正好有一个乡亲进城，

222   岁月的心音

搭大马车回来，他坐在沙发上，那叫一个美，连声说："这个东西挺好的，坐上去颤悠悠的还挺软，比咱们的木板凳好多了，多少钱？"我告诉他70块钱，他说："也真够贵的。"回家后我刚把沙发安顿好，村里就有许多人来看，他们甚至不知道沙发是个什么东西，也不知长什么样儿。因为刚刚盖了大瓦房，又有了钢管床，还置办了大衣柜、高低柜，房间又大，村里人纷纷到我家"欣赏"。当然，很快村里人也都有了这些东西。连洗衣机也进了"寻常百姓家"。

90年代的农村，发展走上了"快车道"，且不说村里人的衣着变化，就说"吃"这一项，人们开始顿顿白面大米，吃不饱的问题彻底解决了。各类生活用的票证接连退出了"历史舞台"。进入21世纪，农村盖房也开始水泥打过梁，房间越来越大，窗户越来越大，地铺瓷砖。免除了农业税之后，农民种地不仅不交税反而还有补贴，这是以往做梦都不敢想的。尤其是2010年以后，村子"日新月异"，过去从衣着上区分城里人和农村人的方法过时了。经过翻新的红瓦房越来越多，有的人家盖起了"小洋楼"，样式越来越漂亮，功能越来越现代，居住越来越舒适。和过去相比，简直就是脱胎换骨。老百姓出门坐公交车（老人免费），不少人还买了小轿车，这在过去连想都不敢想。

过去人常说"靠山吃山"，近几年还真以新时代的方式应验了。自从2005年确定了生态文明战略以后，"贫穷"的大山忽然吃香了，受人待见了。区、镇两级政府把山区绿化当作了头等大事儿，村里人都是兼职护林员，每年享受"看山"补贴，还有"山场"补贴，日子真是一年比一年好。这还不算，村里有十多户人家开办了农家饭。原来大山招来了众多"驴友"（登山爱好者）。他们成群结队来到农村，看山景吃农家饭呼吸新鲜空气，为山村也带来了活力。有的民俗户到了节假日，光门口停放的大轿车就有十多辆，客人鱼贯而出，到民俗户用餐，有时还要买走一些山货。我曾悄悄地问过一个开民俗饭的"老板"，像这样，一年下来能挣多少钱？他笑而不答。我远望群山不禁感慨："绿水青山就是金山银山"正在家乡变为现实。

退休了，人总是情不自禁地"遥想当年"，回忆所有走过的路。我们困苦过，为了改变面貌我们奋斗过，我们的奉献也得到了肯定，我们的命运时刻都和祖国紧紧连在一起。当年，在我成为"吃粮票"的"公家人"的时候，在我第一个从北京买回沙发的时候，人们是多么羡慕。而今，这种差异不仅没有了，反而开始被人家超越，有的还是跨越式超越。村里家家大门口停着轿车，富裕的人家还有车库。村子的街道硬化了，路边有路灯，有花草，所有房屋都有保暖设施，体育场有健身器材，村委会是二层小楼，卫生室就建在旁边，公共浴池定时开放，文化大院还经常有"星火工程"演出，每家每户取暖做饭都用上了天然气，就连吃"低保"的农户也由国家补贴盖起了新房，实现了小康路上"一个都不能少"——我真真切切体会到了这句话的意义。

我们的生活就是这样走过来的。托谁的福？托共产党的福。

2019 年 8 月 5 日

淬火的青春最美

——漫谈《青春之歌》

一部小说影响几代人，并且长久产生共鸣，这很不多见。但《青春之歌》就是这样的一部小说。

最早知道并且阅读这部书，是在 20 世纪 60 年代初。那时读书是懵懂的，只是因为《青春之歌》这个书名引起了我的好奇和共鸣。在现在看来，那不过是青春的萌动。但青春的萌动，总会引起人们广泛的共鸣。正因如此，《青春之歌》引起关注就是很自然的事情了。作品发表后，在全国影响空前，人们似乎不提《青春之歌》就落伍了一样，作品的主人公林道静一时间成了人们争相讨论的"新闻人物"。但读懂一部书并不那么容易。我想，大多数人读《青春之歌》，或许也和我一样是囫囵吞枣的，目的不过是"追潮"，显示自己并不落后于时代。读懂的人当然也有，但能够真正读懂作品，或者说在艺术风格上有自己的"真知灼见"的人，恐怕凤毛麟角。所以当时的我，读了这样的具有时代穿透力的作品，除了记住和膜拜几个人物外，别无其他收获。

60 年过去了，一部留下时代光辉印记的作品，应该有个追溯。以此来纪念作家杨沫，是很有意义的。就好像走了好长一段路之后，回头望望，来路在哪里。60 年之后再次捧读《青春之歌》，品评的胆子就有了。然而，面对经典，我虽然增加几分勇气，可也并不轻松。因为有关小说的内容、风格的评论，实在太多，且多已成定论，故不敢多说。个人的所谓书评，实为肤浅之漫谈，仅此而已。

清纯朴素，引读者进入庄严的故事

杨沫写《青春之歌》是在 1952 年，作者当时的年龄应该是二十多岁，经历了青春岁月，正好写青春。而我们的国家刚刚成立，需要点燃激情，需要产生鼓舞人心的力作。况且那个时候正是倡导婚姻自由的时候，如何改变妇女被压迫的命运，仍是当时的主要问题之一。在此之前，已经有一批倡导婚姻自由的作品问世，社会反响强烈。众多的社会因素给了作者创作背景，另外，党的"百花齐放"方针政策激起了文学爱好者的热情，文学创作开始出现空前的繁荣。

作品是从视觉图像展开的。一开始，进入读者视野的是个近乎无助的女孩子，刚刚高中毕业，带着一堆小巧的民族乐器，出现在火车上。她是这样一个角色：十七八岁，纯美，浑身上下全是白色，没有同伴，朴素而孤单的美丽少女，她引起了车上旅客的注意，留给人们的是惊异的惋惜的眼色。阅读这个场景，读者的脑海里自然会产生悬念：一个清纯的女孩子，她叫什么？要去干什么？

　　杨沫在那个年代，就是主人公这样的清纯女孩子。

　　主人公林道静出场后，开始了朴素、苦涩的生活，她的坎坷命运并没有因为离家出走而得到改变，相反，更世俗更丑恶更艰辛的生活正等着她，而这些在那个时代又都是非常自然的。主人公遇到的脚夫、醉老头、跳海的母女、粗暴的洋人奴仆、海边的外国人和中国的少爷小姐，作为时代的浓缩，预示着主人公的命运将在夹缝中展开。余敬堂这个人物在作品中并不占有重要位置，但是对主人公来说是重要的，他的唯一贡献是让主人公感受到了社会的丑恶。没有丑恶的揭露，就没有反抗的开始。这实际也是情节的铺垫，为故事发展、人物性格渐成及展示起到了促进作用。在林道静和那母女一样扑向大海的时候，谁来挽救她？余永泽的出现，使主人公的命运出现了转机。林道静怀着初始的感激逐渐成长，思想渐而成熟。校友的来信也促进了这种成熟。当憧憬被信任的人、所爱的人打破之后，主人公才在"颠沛流离"中寻找出路。而这个时期，正是中国共产党领导下的革命斗争深入民众之际，小知识分子投入爱国斗争参加革命恰逢其时。故事的延伸发展也就有了清晰的脉络和主线。

　　我看过一些关于作者的资料，知道了杨沫当过小学教员。就这部小说而言，它算是一部自传体小说，这充分说明一个作家写身边的事儿、经历的事儿最擅长，但这也需要社会的大背景给予营养。而这时的中国，还在黑暗中踽踽而行。

　　人的青春是有限的，《青春之歌》的主人公没有被污浊，没有沉沦，反而逆境前行。在她到东北再次当小学教员时，初见江涛（李孟瑜）之前，"她把信看一遍，放在桌上，一个人笑笑，一会儿又拿起来再看一遍，又笑笑。再看再笑——再笑再看"。主人公也依然保留着个性中的清纯，正如作品描写的那样："无论她的外形和内心全洋溢着一种美丽的青春的气息，正像这春天的早晨一样。"

然而，在腐朽的社会里，春天也是扭曲的。1931年，日本军国主义的铁蹄踏进东三省，中国人民再次面临命运的抉择。经过了五四运动，人民开始觉醒。从这个意义上说，我们不妨说它是"清纯人叙说庄严的故事"。这个"庄严的故事"自然就是挽救民族危亡的革命。

峥嵘岁月，一批人选择了青春担当

抗战初期，中国革命进入了淬火的年代，民族到了生死存亡的关头。"九一八"事变后，"从山海关外开进关里的火车忽然一辆辆全装满了哭哭叫叫逃难的人"，面对即将到来的亡国之痛，每个人都要做出选择，尤其是热血青年。卢嘉川出现了，他给林道静的印象是"余永泽常谈的只是些美丽的艺术和动人的缠绵的故事；可是这位大学生却熟悉国家的事情，侃侃谈出的都是一些道静从来没有听到过的话。"在林道静"激昂的爱国热情战胜了个人的伤感"时，"常想自己该有一个纯洁高尚的灵魂，这个灵魂要不为世上任何污浊、物欲所熏染。"当她在余永泽粗暴对待老佃户和托付罗大方通过别人巴结胡适之后，与余永泽"迷人的爱情幻成的绚丽的虹彩，随着时间渐渐褪去了它美丽的颜色"。她看透了余永泽的自私与平庸，但接触了卢嘉川，"心里开始升腾起一种渴望前进的、澎湃的革命热情"。这些带有议论性的叙述，或者说是心理活动，对林道静选择加入革命洪流起到了诠释作用。

作品中的"三一八"纪念大会后，林道静开始陷入了更多的故事冲突，与余永泽、卢嘉川、戴愉、许宁、王晓燕、徐辉、胡梦安等众多人物产生交集。作品在人物形象的塑造上有了更多着墨，显示了斗争的复杂，也衬托了主人公在挫折面前信念的坚定。正是一群处于青春期的人，赶上了淬火的年代，故事才有了意义，而且有了那些没有出场的"重量级"人物的衬托，林道静的命运也就更加扣紧了读者心弦。实际上，每个作家在塑造人物时，都注意在主人公一出场时就抓住读者的眼睛，故事的情节也尽可能曲折有趣，但到了作品的"硬肋"，往往力不从心，并且有可能失去吸引力。读者希望看到新的变化，希望主角能克服自身的缺点，人物更加丰满。这时，作家就更需要着墨于主角如何去改变自己的情感和观念，让读者不断地去追踪他（她）或他们的历险、人际关系的变化及成长的心路历程。《青春之歌》正是紧紧抓住了时代担当这一主题，让主角的青春放射出了夺目光彩。主人公林道静在宋郁彬家教书的情节写得细腻也写得感人，写出了阶级之间的隔膜，也写出了主人公的情感变化，特别是与宋家长工郑德富的偶遇和陈大娘的相知，还有为王老增"挡驾"免遭宋贵堂的殴打，长工们夜割麦子，与宋家的斗智斗勇，写出了主人公思想发生变化的背后原因，这些地方的细节描写是作品最精湛的地方之一。各类人物性格跃然纸上，主人公革命青年的形象栩栩如生。小说写到主人公被捕和在监狱同敌人的斗争，那是淬火的青春的全面展示。主人公就这样一步步丰满起来，由清纯走向成熟，及至后来，在北大成了学生运动的组织者之一。作品的后半部分，作家也是经过精心雕琢的，以团结更多青年学子参加时代洪流为主题，重点写了王晓燕，通过设置悬念去写王晓燕的纯洁、彷徨和新的觉醒。在写敌人的卑鄙、手段的残忍时，把胡梦安、戴瑜推到了"前台"，保持了人物发展的完整性。在写青年学子参加爱国行动时，也是一波未平一波又起。在后半部分，虽然着墨的人物众多，但杂而不乱，最重要的是把青春热血和责任担当紧密地联系在了一起，这也就赋予了作品时代意义。

成功之作，契合了时代回响

人是要有时代担当的，尤其是在文学作品里，主人公若没有时代担当，那么这部作品就很难成为上乘之作。《青春之歌》之所以成功，并且一发表就产生轰动，根源在于提出了划时代的命题，就是如何在中国共产党的领导下跟上时代的节拍，去创造美好的生活。作品虽然把女性解放、英雄崇拜、探求生命意义放在了显要位置，但根本的主题还是个人发展要与国家命运相联系。没有广阔的视野，没有大局的高度，要写出一部成功的作品，并且成为经典，实际上是很难的事情。

　　人处于青春阶段，有梦想甚或幻想，是很自然的事情，因为这是一个追索的阶段、冒险的阶段。林道静为了逃避"孤苦"，避免当"玩物"和"花瓶"离开家庭，但她没有找到平安和幸福，反而遭受了许多的挫折，也就是在历经挫折时，她看到了社会的原貌。而正在这个时候，日本军国主义的铁蹄踏到了东北，她的思想受到触动。从此，她的命运就与抗战相联系，与国家前途相联系。

　　有人说，写小说是为了供人消遣。我不同意这句话。在一些人看来，写作是为了满足难以抵制的冲动和情感，是为了"不鸣则已，一鸣惊人"，或者是为了获取商业报酬，但并非所有人都是这样。因为许多大作家并不依赖于取悦大众来维持生计或显赫发达。作家应该给时代提供健康的思想、健康的营养，否则，就没有了文学存在的意义。作家不能看到什么就写什么，不能把丑恶当作"美"来宣扬，写低级趣味的东西虽然可以一时博得人们的眼球，但终究是不会长久的。没有一种伪艺术能够长盛不衰，这是早已被历史证明了的，就是短时期为人们所接受，也不具有普遍意义。

　　《青春之歌》作为经典之作，发行量很大，已经深入人心，毋庸赘述。就是现在捧读，这本小说仍然闪烁着时代的光辉。青年的热情力量一旦与时代相结合，就会产生社会张力，潮流也就是这样形成的。当然，潮流应该是推动社会进步的，而不是起反面作用。从这个意义上讲，《青春之歌》作为抗战题材的经典作品，永远不会过时，这是不可否认的。

《青春之歌》产生时代回响的原因也在这里。

拜读经典，感受艺术的芬芳

写小说不是喊口号，小说是通过人物形象、通过一连串的故事吸引读者的，应该是读者在看小说时与作者一同走进形象化的空间，是读者与作者的一种对话，并在"对话中"被感染。所以一定的艺术、一定的技巧应该在小说中有所体现。有的小说，题材很好，主题鲜明，可就是吸引不了读者，究其原因，是艺术问题。《青春之歌》做到了历史真实与艺术真实的和谐统一。

说历史真实，是指小说真实地反映了那段历史、那段社会面貌。作品的人物是虚构的，但故事是真实的。通过阅读作品，可以真实感受到青年学生投身抗战的情景，其思想高度随着真实的故事而得到完美展现。前些年的那些"抗日神剧"就不是这样，这些剧一味地追求感官刺激，结果把历史颠倒了，好像日本鬼子都是一伙蠢猪；抗战历史不再艰苦卓绝，而是戏剧化的"调味品"；还有的把"野兽"写得很善良，侵略变成了正当的事情。真不知道这样的作品是怎么被写出来的。不可否认，有些作者没有经历过那个年代，但是通过读书是可以弥补的，可惜他们连书也没读，结果写出来的作品自然百孔千疮，仅仅迎合了"粉丝"们的口味，尽管艺术缺失，但腰包鼓鼓。

打住话题，让我们来看看《青春之歌》的艺术性。

　　小说以顺叙开头，没有冗长的背景交代，而是直接把主人公推到读者面前，通过视觉形象抓住读者看下去的欲望。不得不说的是，中国许多小说脱胎于"说书"，以至到今天，有的小说还在开头做冗长的交代，作者不厌其烦地描写复杂的背景（或者称之为"铺垫"），摇着头在那里"诗曰""话说"，殊不知这样做适得其反，读者看不到有血有肉的人物，兴趣自会大打折扣。小说是形象的艺术，只在那里"白话"，读者是不买账的。《青春之歌》在当时已经是创新了。再反观当下，不少小说仍沉迷于说书类写法，好像不给人天花乱坠的感觉，小说就没市场一样。而作品的内涵，倒是写作者不大关心的。读者爱看热闹这不假，喜欢快餐也不假，但是没有思想，没有给读者带来启迪，这样的小说能够活得长久吗？

　　《青春之歌》采取了线性结构，没有多条线交叉的多层面结构，但这并不妨碍小说结构的"精致"。精选的故事情节成为《青春之歌》的一大特色。众所周知，故事情节是小说的脊骨。作者在设计主角时，让她在预定的道路上一步步地前进，而前进的道路上又有一个个的坑穴，林道静一步步地排除这些障碍，虽然有时柳暗花明，但风险一个接一个，一张一弛，起伏跌宕，这无疑引起了读者的兴趣和激情。

　　作品用各种生动、具体的场景刻画了各种人物，这与情节紧密相连。作品里的身体描绘、心理描写和对已逝年代、人物的回忆，许多都是通过倒叙、插叙来完成的，从而使人物在上下文中清晰地呈现出来，林道静的出场就是采取了这种办法。除此之外，作品让她与其他人物相互影响，或者在某个具体、细致的环境中活动，栩栩如生地展示了林道静这个形象。通过对林道静的描写，我们可以知道，经过精心雕琢，抒写人的情感，挖掘深邃美丽的内核，是永远不会过时的。在《青春之歌》里，主人公的心理活动描写起到了丰润作品的作用，一方面使故事连贯，一方面揭示了人物性格。

小说的语言是准确的，场景描绘也很到位，特别是对紧张的氛围渲染十分有力。有的地方看上去很沉闷，却有"此地无声胜有声"的效果。描写宋家老长工的那个情节就是这样。可见，锤炼语言在小说里已经达到了相当的高度。但也有在今天看来略显概念化的痕迹，这不能怪作者，是她所处的写作年代的社会环境使然。一个时代有一个时代的语言，社会在发展，语言在变化，这是不能苛求的，否则也就失去了作品的原汁原味。

小说在叙事技巧上着重于人物特征的刻画。在写与余永泽的接触时，有浪漫情节的描写，解释了林道静崇拜"诗人骑士"。在写他们发生激烈情感冲突时，形态、动作、语言的描绘都恰到好处。与其他人物相处时，林道静和他们也有亲密无间的片刻，也有隔阂的时期，有互相伤害、互相误解，或者互相欠下人情债，但这些人物关系都在不断变化，并在这些人物身上留下烙印。卢嘉川是小说里的重要人物，可在后半部分，作者把他作为了暗线，牵动着林道静的情感，到了最后，卢嘉川的牺牲，更坚定了主人公的必胜信念。通过层层渲染，林道静这个人物便在读者那里留下了深刻印象。

一部优秀的小说，需要扎根于事实，也需要虚构，但虚构必须来源于真实。《青春之歌》无论从思想性方面讲还是艺术性方面讲，都是值得称道的，这也是经典之所以成为经典的重要原因。在小说出版 60 年之际，在欣赏之余，我们以此纪念杨沫，为的是有更多精品力作出现，同时也激励有志青年积极投身于中华民族的伟大复兴事业。

真诚地希望有更多拥抱美好青春的作品问世。

2019 年 4 月

岁月的回响

岁月有回响，多在记忆里。

人生最怅惘的事情恐怕就是追索岁月的回响了，那是怀念的回响，是压在心底并且被时时翻检出来的美好时光。响声常常埋在岁月的深处，在被过多的时日无情挤压后，成为记忆的拓片，即便是能够连缀起来，也已经不复当初率真的韵味。可是难以抛却的回味还是随着声声感叹疯长。

我参加了多次老年人的活动，尤其是像同学会这样的活动，心里不免五味杂陈。尤其能撩拨心海的涟漪的，是一张张青春不再的老脸和佝偻的身躯。五十多年过去，原本挥斥方遒的一群人都开始向着古稀迈进。

我们开始审视走过的路。过往种种像是走过一条源自远古的河流，我们濯身于其中，并且祈盼在彩虹里找到莹莹的水珠。恰同学少年，男生一个个体态健壮，女生一个个身条柔美。老师遥看水流的方向，在生活的堤岸边逡巡，企盼捡到凤凰的羽毛。

同桌的你吹起了快乐的长笛，意绪悠远，使我们禁不住热泪盈眶。

而今，就是这条源自远古的河流，我们还在走，还在穿越，可激情早已消退，热血的梦早已随云而去，情怀遗失在黄昏里，空旷正在不断蔓延。但我们仍在不屈行进，走过的路不是徒劳。

十年后的重逢，事业的话题成了中心，内心的火焰在热情的关怀下燃烧得十分强烈。未来的美好披着宽大的锦袍缓缓而来，每个人都被笼罩、包围、卷起，感受到的是岁月灼热的呼吸。离去的话语铿锵有力，蒙眬的眼前掠过形形色色的影子。我们重新上路，踏上各自的征程，轻松愉快地走上更迭的季节，唱着祖传的歌谣，朴质憨厚一如豆蔻的从前。

在多少寂静的夜，在昏暗的灯下阅读明天，我增添了深沉。忧伤的年华逐渐染上苍暮的紫灰色，温柔面庞的轮廓悄悄消逝在月色之中！滞重的脚步远离了激情岁月。站立在薄雾中心，谛听远方的预言，你我都在越来越浓的夜色中成熟。

经历二十年的风雨，青鸟做着苍翠的白日梦开始在檐下安憩，我们不再狂热，不再迷茫。我在风的水波里品读你安详的面容，年华缓缓从我的眼前流过，被淹溺的久远往事，不再发出飓风般的呐喊。已经不复存在的纯真，遗失在深深的荆棘丛中。结满了老茧、沟壑纵横的手，撕开羁绊，袒露的胸襟一无保留。凝眸，望断天涯，最深沉的感悟就是沉默不语。起身，步入渐趋明朗的白昼，步入澄明的所在，再回眸绚丽的晚霞。唯有莫名的哀愁和喜悦无休无止！任凭季节流转，代代更替，万种生物萌蘖、繁荣、葳蕤，而后凋谢！个人的短暂的时光里倒挂黄昏的图轴。枯与荣的循环，何以长久地统治人类？

耳顺来了，耄耋来了，难以摆脱的阴影，如水般温柔慈爱。用不再柔软的手抓住风，戴着少女面具的老妇，如何走出内心的灰霾？他和她丑陋的皱纹用春天的花粉、秋天的金风酿造，根盘节错的白发织成了一张网。激情的梦早已不再，欲望的火即将散尽，亲吻土地吧，擂起牛皮鼓，游过时空的河。晕眩中，万物的火不断地扶摇向上，好一个落秋之舞！秋预告雪的消息，隔着季节，遥望青黑色的树枝，那是超越尘世的舞姿。黄金菊光耀的时辰，你双眼眯缝，甜美陶醉的日子飘浮在多岚的梦中。

追索回响，似可听到源源不绝的铁匠铺粗糙的煅打声，呼啸的火焰仍在炉中欢唱不息。品尝泥土蕴藏在内部的致意，苍茫时刻的影像，凸现在欲说还休的言谈中。欲哭无泪的眼睛无动于衷地看每颗流星在水上划过的诗句。五十年后的阳光，如何让我走入鲜花盛开的溪泉，让河水的号啕在你的身后远去？

追索回响，让星星闪烁的光芒镌刻你我在尘世的名字，记下在白昼的共同的时光里我们曾臂膀相连。希望你在这时吹起长笛，悠悠意绪把尘粉卷起，我可以在风中捡拾到一片落叶。

2015 年 7 月 23 日

在故园与风景对话

　　故园是记忆留存最多的地方，是感情浇注最多的地方。一面山坡一道沟壑一条小路乃至一块石头一棵树一株小草，都能掀起情感的微澜。在故园的小道上行走，纷繁往事就会浮现在眼前。

　　清晨，脚下的嫩草尖上依旧挂着晶莹的露珠，和旧日的露珠毫无二致，但已经不是往岁的露珠。抬头望，山还是那道山，梁还是那块梁，但它们的样子变了——不是变老了，而是变得越来越年轻了，和人的生命相比，反其道而行之。每一次的探访都和往事搅在一起，颇有"剪不断理还乱"的味道。本想得到思想的净化的，却被孤寂的情愫困扰着，"闲逸"没有带来过多的精神享受，相反，却沉浸在莫名的感叹和苍凉之中，凄怆仿佛就要浸入骨髓。尤其是旧时的风景似隐若现，让人怅惘莫名。

　　满眼的绿色摇曳着，好像在喋喋不休地夸耀今岁和以往的不同，在展示风韵的时候全没有任何的顾忌和矜持。野鸡的鸣叫声从眼前浓密的灌木丛里钻出来，大胆而张狂，这倒激起了人的兴致，不仅不嗔怪思绪被扰，还立刻转移了注意力的方向。顺着野鸡的叫声寻过去，只见数只野鸡腾空而起，双翅扑棱棱的合奏立刻把幽静的情景击碎了。等在惊诧中缓过神来，野鸡们已经不知去向。也许野鸡从未听到过它们的先辈如何描绘截然不同的生存环境，它们生来如此，激情的叫声仅仅是遗传基因的杰作。

在很长的一段时间里，我都在探求生活的美好和幸福，觉得现代人很幸福，如同生活在蜜罐里。可年轻人不这么看，就如眼前的风景，有的人认为是美丽的，有的人认为是无聊的、惆怅的。人的情感注入了风景，风景也就变成了人的主观的评介物。和风景对话，也就有了不同的角度。显而易见，已经变成历史的先辈们在今天看来很辛苦，但又不能说他们没有幸福过。风景作为一种客观存在，只有在人们的心境敞亮的时候，才有无限的魅力。从这个意义上讲，美是"看"出来的，主观感受到的。

定神之后，和风景的对话又开始了，故人和往事又渐渐从眼前的风景里长出来。那些记忆的影像真实地浮现并且飘忽着，交叉着，岁月快速地做着一回又一回的"倒片"，仿佛那种浸透汗水的率真依旧停留在葳蕤草蔓间。那时的人们过的是连果腹都困难的日子，可从来不算计，张家的倭瓜被李家摘了去，也不会揪扯清楚，说句"都是吃食物，到谁的肚子里都一样"就没事儿了，见了面还一样的"大哥""大嫂"地叫着，好像什么也没有发生。小孩子"偷"了粮场上的花生，当场头的高调干咳一声，把小孩子吓唬走就完事儿。倒是谁家蒸了粘馍馍，则要送到左邻右舍家，让大家都尝尝。送的人很真情实意，吃的人很感激。互相之间被邻里情牵着，没有人愿意让情感这根线断了。各家各户的炊烟升到房顶就连成一片了，轻轻地悠荡到山谷，瞬间就绘成了一幅小村清丽晨景，美不胜收。

　　站在高处俯瞰故园，风景已经大变。村里人原本有很多已经搬到城里居住了，这几年又回来了，故园人几年都见不到一面，这回又可以互道问候了。茅草屋不见了，就地长出了漂亮的楼房。全一色的墙壁让所有房屋"统一"了格调。原来的由青石板铺成的高低不平的"街道"变成了水泥路，随坡就势抵达各户，就像一条白色的飘带。路灯成排，狗叫依稀两三声。倒是农家院的广告色彩鲜艳，大模大样地立在村口，生怕人不知。河道挖深了，变宽了，季节性的洪水到了村边就不会再发脾气。"大田"已经少长庄稼，多长树木和果蔬，果林葱郁，花气随风。

　　在故园与风景对话，所有的沟通都是无言，所有的理解都是默默，美好的企及都在一步步实现。年轻媳妇和小孩的诧异目光把疑问凝在眉头："客从何处来？""到农家院就餐么？"若有笑声越过某一家的墙头，那也许是旅游者在"高谈阔论"登山的感受。

　　骄阳开始放出阵阵炙热，蝉鸣把思绪拉得悠远。瞭望青山，仰观白云，仿佛一切依旧，仿佛一切都在更新。欣喜于故园的变化，又慨叹岁月如梭。当蝉鸣换成禅意的时候，我发现了葡萄架上熟透的葡萄，串串垂挂，颗颗紫红圆润、玲珑高贵，令人爱不忍摘。

在故园与风景对话，浓浓的化不开的情结已经不能用文字尽情描述。

2013 年 6 月 5 日

后　记

　　人生在世，总该活得潇洒些，但学会主宰自己的命运却是一件不容易的事儿。当挫折来临时，要始终保持乐观、开朗的生活态度。君子以厚德载物，要经常抱着宽容的心态，学会弥补心灵上的空虚。所以有理想、有志向也是必需的。而要做到生活轻松，心情舒畅，身体健康，就要到处走一走，好的心理状态不仅有益于他人，更有益于自己。把人生路途上的所见所闻、所思所想、所言所行、所知所感记载下来，同样能在生活中品尝幸福，感受快乐。

　　时光飞逝，处于人生夕阳阶段的人亦应有所作为，因为对社会的贡献不分年龄。基于这种意识，我总要主动地去做一些事情。可细想起来，唯有动动笔还算是自己的一点癖好，舍此几无其他。于是，退休后便写了一些东西，可拿出来又略显"捉襟见肘"。受了世俗的影响，最终还是鼓起勇气集合成册，是不是贻笑大方，尚且不知。

　　听说中国国际文化交流基金会和延庆区作家协会设立的"妫川文学基金项目"有资助出版的消息，我便在忐忑中表达了自己的意愿，这也是这个集子初成的原因之一。

俗话说"众人拾柴火焰高"，在此，向为了本集子出版予以帮助和支持的朋友们表示由衷感谢。

作者

2019 年 10 月